L'Erreur de Merk

Héros à louer, tome 3

Dale Mayer

L'Erreur de Merk, Héros à louer, tome 3
Beverly Dale Mayer
Valley Publishing Ltd.

Copyright © 2017

Traduit de l'anglais par Sarah Laurent et Valentin Translation

ISBN-13 : 978-1-773369-70-9
Format Print

Résumé

Découvrez *L'Erreur de Merk*, le troisième tome de la série *Héros à louer* que les fans attendaient avec impatience. Dale Mayer, auteure de best-sellers au classement de USA Today, vous propose de retrouver les hommes inoubliables de la série *Légion d'honneur* dans une nouvelle collection de romances pleines d'action, de suspense et de rebondissements.

Même avec le temps, on n'oublie jamais…
Après des mois de convalescence, Merk enchaîne les missions, ravi de retrouver sa vie active. Mais quand son ex-femme lui envoie un appel au secours paniqué, il s'empresse de la rejoindre… pour la voir se faire enlever juste sous son nez.

Katina n'a qu'une personne en tête quand les ennuis lui tombent dessus. Merk. Cela fait dix ans qu'ils ne se sont pas parlé, mais le temps n'a rien changé. L'attirance entre Merk et elle est aussi vive et puissante qu'à l'époque. Et même plus. Mais avec sa vie en jeu, elle ne peut pas se concentrer sur lui… sans parvenir à le chasser de ses pensées.

Elle a quelque chose que certains veulent, et ils ne reculeront devant rien pour l'obtenir. Quitte à se montrer cruels. Quitte à être monstrueux. Quitte à tuer des gens.

Inscrivez-vous ici pour être informés de toutes les nouveautés de Dale !
https://geni.us/DaleNews

Chapitre 1

— ÇA Y est, ma fille, se dit-elle.

Avec un dernier regard autour d'elle, Katina Marshal prit une profonde inspiration et se glissa dans sa voiture. Elle enfonça les clés dans le contact et démarra le moteur. Voulant que ses actions aient l'air aussi normales que possible, elle s'inséra dans la circulation à un rythme tranquille et resta sur sa voie. Elle ne put pas s'empêcher de regarder dans le rétroviseur pour voir si elle était suivie.

Après avoir appris l'information accablante, elle avait monté son plan pendant des jours, inconsciemment pendant des semaines, si ce n'était plus. Maintenant qu'elle était sur le point de le réaliser, ses mains transpiraient abondamment et son cœur cognait contre sa poitrine.

Tout dépendait de cette évasion.

Son regard se dirigea vers le rétroviseur du côté passager, un froncement de sourcils se dessina sur son front lorsqu'elle vit une voiture noire changer de voie pour se ranger derrière elle. Bon sang ! Elle scruta les traits du conducteur, mais ne pouvait pas le voir assez clairement. Elle expira, puis, d'un geste brusque, elle se mit sur la voie de gauche et ralentit. Une voiture klaxonna derrière elle, mais elle l'ignora.

La voiture noire la dépassa. Avec un soupir de soulagement, elle accéléra et se fondit dans le trafic. Elle n'avait pas de destination finale en tête, elle allait simplement vers l'ouest. Loin de sa meilleure amie. Quitter Anna était la chose la plus difficile à faire. Katina n'était pas attachée à son ancienne maison ni à la ville, mais Anna... Eh bien, Katina n'osait même pas s'arrêter pour lui dire au revoir, cela risquait de la mettre en danger.

Si seulement elle avait pu communiquer avec Merk ! Elle l'avait appelé plusieurs fois mais n'avait pas eu de réponse. Elle rit amèrement. « Comme s'il allait m'aider ! »

Katina savait qu'il était stupide de penser à lui sous cet angle, mais il était difficile de ne pas le faire. Il occupait une place particulière dans son cœur, et en plus, il avait suivi un entraînement militaire spécial après l'avoir quittée. Peut-être, juste peut-être, qu'il saurait comment gérer les problèmes. De *gros* problèmes.

Et peut-être qu'elle était seulement idiote.

Mieux valait prendre l'autoroute et continuer à fuir. Les gens après elle abandonneraient bien assez tôt.

N'est-ce pas ?

Incapable de se retenir, elle prit son téléphone et appela Merk une fois de plus.

S'il vous plaît, faites-le répondre !

DEUX JOURS DE voyage pour livrer en toute sécurité un prisonnier à Washington, puis un voyage de retour plus court, Merk Armand en avait assez des aéroports pour le moment. Le dernier voyage n'avait pas été mauvais, mais pas assez court. Il était prêt à rentrer à la maison depuis des jours. Il repéra son camion dans le parking longue durée, déverrouilla la porte et monta dedans, cherchant instinctivement son téléphone portable, toujours dans la boîte à gants où il l'avait laissé. Il trouva quatre messages, mais ne reconnut pas le numéro.

Tous de la même personne. De quelqu'un dont il pensait ne plus jamais entendre parler.

De son ex-femme, Katina. Il fut surpris d'entendre sa voix. Il rappela le numéro mais n'eut pas de réponse.

— Mince !

Il était trop fatigué pour ça, mais l'inquiétude le tenaillait. Il réessaya une heure plus tard quand il arriva à sa chambre. Encore une fois, pas de réponse.

Le lendemain, à la première heure, il appela une fois de plus. Toujours rien. Inquiet, il chercha son numéro dans son téléphone portable et essaya celui-là. Hors service. Tant pis pour cette idée. Déterminé à ne plus penser à ses appels, il se dirigea vers la porte du garage, pour aller en ville s'approvisionner. Une journée entière à faire des courses. Ô joie ! Mais c'était nécessaire. Les hommes faisaient des améliorations dans le complexe, et comme il venait de rentrer, Merk était celui qui avait le plus de temps pour s'en occuper.

Au moment où il entrait dans le garage, son portable sonna. Il le sortit. Encore Katina. Il répondit rapidement.

— Allô ? Katina ?

Seul un étrange bruit statique lui répondit. « Ce n'est pas vrai ! » pensa-t-il. Il coupa la communication, puis appuya rapidement sur « Rappeler ». Pas de réponse. Fronçant les sourcils, il se retourna vers le groupe qui travaillait dans le garage, leur salle de recherche et développement, et annonça :

— J'ai la liste, mais n'espérez pas que je revienne de sitôt maintenant que vous et Ice avez ajouté une demi-douzaine de choses à ma journée.

Merk se dirigea vers le camion, l'un des nombreux véhicules de société que Levi avait récupérés. La boîte que Levi avait créée avec Ice marchait très bien. Mais cela signifiait aussi qu'ils avaient des équipes qui allaient et venaient dans tout le pays, en fonction de leurs projets en cours. Parfois, il s'agissait d'un simple travail de sécurité, comme celui de Logan en Californie, qui dirigeait une équipe de gardes du corps pour un chanteur renommé.

Merk eut un frisson à cette pensée. Non pas qu'il ne puisse pas effectuer ce type de travail, mais ce ne serait pas son premier choix. Il était quelqu'un qui préférait les petits groupes, pas les grandes foules comme celle-ci. Et quand il dirigeait une équipe de sécurité, il voulait avoir carte blanche pour faire ce qui était nécessaire. Pas le haut commandement, mais une certaine autonomie. Et Logan aurait les mains plus ou moins liées.

Bien qu'être en Californie en ce moment ne soit pas une bonne idée. Merk avait besoin de comprendre ces appels bizarres de son ex-femme. Non pas que le terme « *femme* » s'applique vraiment ici. Ils ne se connaissaient que depuis quelques heures quand ils avaient décidé que se marier était une bonne idée. Au début, ils étaient sortis ensemble en partie parce qu'ils étaient tous les deux de Houston, et ça avait explosé à partir de là. Mais alors qu'attendait-il d'un week-end de fête sauvage à Vegas ? Il n'en avait pas honte, mais il n'en était pas fier non plus. Un de ces chapitres de sa vie qu'il aimerait appeler « clos ».

Il était jeune et stupide. Son dernier flirt avant de suivre l'entraînement BUD/S. Un groupe d'entre eux était descendu à Vegas pour la semaine, et il était tombé amoureux et avait fêté ça en se saoulant complètement. La dure réalité les avait frappés tous les deux le matin, en même temps que leur gueule de bois.

Ce ne fut que des années plus tard qu'il réalisa qu'il était sorti avec d'autres femmes qui lui ressemblaient exactement. Katina était petite et avait de longs cheveux blonds. Elle n'était ni ordinaire, ni superbe, mais quand elle souriait, son visage s'illuminait. Et il avait été instantanément fasciné. Assez pour acheter une licence de mariage sur-le-champ. Bien sûr, les margaritas avaient peut-être eu quelque chose à voir avec ça, du moins avec le fait qu'ils soient allés jusqu'au bout. La tequila avait toujours été une boisson dangereuse pour lui, lui permettant de se faire plaisir sans montrer de signes, puis l'assommant quand il touchait le fond du verre. Ils avaient passé une nuit d'enfer et s'étaient tous deux réveillés le lendemain matin en état de choc et horrifiés.

C'était presque drôle, ridicule en fait, de voir à quelle vitesse ils s'étaient habillés, assis autour d'un café, et avaient trouvé comment réparer leur bêtise. Une fois qu'ils eurent terminé leurs recherches, pris les papiers et les eurent remplis, ils durent encore attendre un an avant de demander le divorce sans contestation. Mais ils firent ce qu'ils pouvaient à ce moment-là. Il partit pour sa formation le jour même.

D'une certaine manière, ça l'avait aussi aidé à traverser l'horrible cauchemar de l'entraînement. Rien de tel que de se voir comme l'imbécile que l'on était vraiment et d'être conscient que l'on devait changer. Cela l'avait aidé à se surpasser, à traverser les moments les plus pénibles et les plus sombres pour se trouver. Il était devenu un homme différent depuis. Et il n'avait jamais entendu parler de Katina après le divorce.

Jusqu'à maintenant. Il n'avait aucune idée de la raison de son appel. Quitter l'enceinte pour la journée serait parfait.

Il attendit que Stone déplace son camion, mais il resta dans l'embrasure de la porte à parler à Ice et Levi. Stone emmenait sa nouvelle petite amie, Lissa, dans le complexe.

Lissa était un amour. Et elle avait vécu l'enfer et en était revenue. Merk avait participé à son sauvetage en Afghanistan, mais comme cela arrivait parfois, la guerre les avait suivis chez eux. La maison de Lissa avait été complètement saccagée, mais tout allait bien maintenant. Entre les estimations de l'assurance et les travaux à faire, ils avaient passé beaucoup de jours à faire des allers-retours à sa maison en ville.

Mais aujourd'hui, c'était le jour de leur emménagement dans un nouvel appartement du complexe. Tout en regardant Stone monter dans le camion et partir, Merk murmura :

— Bon sang, ça ne fait que six semaines qu'on l'a rencontrée ? On dirait qu'on la connaît depuis toujours.

Il sortit de l'enceinte, appuya sur l'accélérateur dès qu'il atteignit la route principale, et se dirigea vers Houston. Il rit en passant devant la petite ville située à quelques minutes de chez lui – et qui avait été le théâtre d'un incident assez dramatique ces derniers temps. Tout compte fait, Levi et la nouvelle compagnie avaient eu leur baptême du feu. Merk se pencha et appuya sur le bouton de la radio pour voir quelle musique il pouvait choisir. C'était de la country, et il n'aimait pas cette musique triste.

Après le divorce, il s'en était tenu à des relations très simples. Une seule grosse erreur dans sa vie était suffisante. Voir Ice et Levi se tirer de leurs embrouilles et devenir ce couple parfait lui aurait donné la nausée si tout le monde n'avait pas voulu la même chose pour eux aussi. Ice et Levi étaient dévoués l'un à l'autre.

Et maintenant, il y avait Stone, qui abandonnait enfin sa position de ne pas s'engager à long terme, amplifiée par la perte de sa jambe. Il était tombé amoureux de Lissa.

Merk avait l'impression que les deux femmes avaient

tourné leurs regards d'entremetteuses vers tous les autres habitants du complexe. Et Merk secouait la tête, les mains levées en signe de protestation, en disant : « Ne me regardez pas ! Ne me regardez pas ! »

Merk emprunta la bretelle d'accès et s'engagea sur l'autoroute. C'était une belle autoroute, et il aimait y conduire. À vingt minutes de la ville, son téléphone sonna. Il avait oublié de le brancher sur le tableau de bord. Il le plaça rapidement sur le support pour pouvoir parler en ayant les mains libres et dit :

— Bonjour !

En arrière-plan, il y avait un grésillement bizarre. Et encore plus de parasites. Il répéta :

— Allô, qui est à l'appareil ?

Puis vint une voix qui, bien qu'il ne l'ait pas entendue depuis dix ans, était impossible à confondre.

— Merk, c'est moi. Katina.

— Hé, je t'ai appelée !

Il sourit.

— Pourquoi est-ce que tu me contactes après tout ce temps ? Les papiers du divorce sont faux ou quoi ?

Il aurait souhaité pouvoir retirer ces mots-là. Ce mariage avait été une blague. Ne serait-il pas stupide que le divorce le soit aussi ?

— Non, rien de ce type, dit-elle précipitamment. Je suis dans le pétrin.

Il fronça les sourcils.

— Quel genre ?

D'après ce qu'il savait ou se souvenait de Katina, elle était juste une étudiante à Vegas, partante pour un week-end amusant. Elle l'avait ensorcelé dès le début. Mais elle n'était pas le genre de fille à s'attirer des ennuis.

— J'ai besoin de ton aide, s'il te plaît.

— Si je peux, dit-il prudemment. C'est quoi cette histoire ?

— Je suis à Houston en ce moment. J'ai besoin de parler avec toi.

— Je suis à presque quinze minutes du centre-ville. Je peux te retrouver pour déjeuner si tu veux.

Intérieurement, il se demandait ce qu'il était en train de faire. Elle était certes une partie de son passé, mais une porte qu'il devrait probablement laisser fermée.

— Joe's Bar and Grill sur Main Street. Tu connais ? dit-elle en haussant la voix de façon paniquée, précipitée, comme si elle craignait de manquer de temps avant qu'il n'accepte.

— Non, mais je trouverai.

Il entra dans la ville, détestant la circulation qui stagnait de tous côtés. Il savait vaguement où se trouvait Main Street, et il avait encore une heure avant le déjeuner.

— Retrouve-moi à midi !

Et elle raccrocha.

Inquiet, curieux, et frustré. Oui, c'était à peu près l'état des choses dans sa tête. Cela lui laissait moins d'une heure pour faire quelques arrêts et se rendre sur place pour déjeuner. Il n'avait même pas prévu de s'arrêter pour manger, mais de toute évidence, sa journée était déjà bien entamée, alors tant pis.

Le temps de s'arrêter au Joe's Bar and Grill et de se garer à l'arrière, il avait dix minutes de retard. Il avait appelé Katina pour la prévenir qu'il serait en retard mais n'avait pas eu de réponse. Et pas de messagerie vocale. Il entra dans le bar enfumé d'un quartier louche de la ville, se demandant ce qu'elle pouvait bien faire ici.

L'étudiante propre et en bonne santé qui espérait fêter

son vingt et unième anniversaire d'une manière mémorable n'aurait jamais été surprise dans un endroit comme celui-ci.

Puis il s'interrompit. Bon sang, ils avaient été ensemble dans une chapelle de mariage d'Elvis Presley. Alors peut-être que ce n'était pas aussi loin qu'il le pensait. Il s'assit près d'une fenêtre et commanda une bière. Il fallait que cette journée ait aussi du bon, alors il le prenait maintenant sous forme liquide.

Il ne se permettait pas de boire beaucoup. Ils devaient être prêts à partir pour la mission suivante n'importe quand. Ils devaient garder le regard vif, l'esprit alerte et toutes leurs facultés physiques et mentales intactes pour ne pas se laisser surprendre. De plus, Vegas était toujours dans un coin de sa tête.

Merk attendit dix minutes, sirotant lentement son verre, se demandant ce qui se passait. Mais aucune trace de Katina. Il pouvait voir la circulation sur Main Street, mais pas l'arrière du bâtiment, et son instinct lui disait qu'il devait changer de côté. Et si elle attendait à l'arrière, ne voulant pas entrer ? Si elle avait des problèmes, ça compliquait toutes sortes de choses.

Il commanda un café et demanda au barman de le lui apporter de l'autre côté du bar. Avec désinvolture, essayant de ne pas attirer l'attention sur lui, il s'assit de façon à pouvoir regarder le parking. Il n'y avait personne. Pensant qu'elle lui avait posé un lapin, il finit son café et se leva. Si elle avait besoin d'aide, soit il était trop tard, soit elle avait changé d'avis.

L'hypothèse « trop tard » était inquiétante, car cela pouvait signifier que ses ennuis l'avaient trouvée bien plus vite qu'elle ne l'avait prévu. Il retourna dehors et se tint près de la porte.

— Je n'ai pas le temps pour ces embrouilles. Ma journée est déjà bien remplie.

Il se dirigeait vers le parking quand il crut la voir près d'une petite voiture rouge.

Ses pas ralentirent tandis qu'il l'étudiait. La taille et la silhouette correspondaient à peu près, mais il ne l'avait pas vue depuis onze ans et elle lui tournait le dos. Elle était aussi trop loin pour avoir un bon aperçu. Déterminé à faire toute la lumière sur cette affaire, s'il y en avait une, il se dirigea vers elle. Elle regarda autour d'elle avec crainte, et il réalisa qu'elle ne s'attendait peut-être pas à ce qu'il entrât dans le bâtiment et l'avait attendu dans le parking. Elle le vit et s'enfuit.

— Katina ?

Elle s'arrêta en bégayant, se retourna et s'écria :

— Merk !

D'après son ton, elle ne l'avait pas reconnu plus facilement qu'il ne l'avait reconnue. Il hocha la tête. Le soulagement envahit son visage, et elle courut vers lui.

Un van fonça dans le parking entre eux et s'arrêta. Deux hommes en sortirent, attrapèrent Katina et la jetèrent à l'intérieur. Il eut à peine le temps de comprendre ce qui se passait que la camionnette passa juste devant lui. Il essaya de sauter dessus, mais le véhicule roulait trop vite. Alors qu'il se rétablissait avec une roulade, essayant d'apercevoir la plaque d'immatriculation, il constata qu'il n'y en avait pas.

Il bondit dans son camion, fit rugir le moteur et quitta le parking en trombe. Il ne savait que trop bien combien il était facile de kidnapper des femmes et qu'il était absolument impossible de les retrouver la plupart du temps.

Chapitre 2

Q UELLE IDIOTE.
    Pourquoi l'avait-elle fui ? Mais il était grand, ses
cheveux étaient courts, et elle l'avait à peine reconnu. Bon
sang, même maintenant, elle n'était pas sûre que ce soit lui.
Tout ce qu'elle savait, c'était qu'un parfait inconnu lui avait
adressé un signe de tête en pensant qu'elle lui parlait. Mais il
l'avait appelée par son nom. Ça devait être lui. Seulement, au
lieu de courir vers lui, elle s'était enfuie. Désormais, voilà où
elle en était. Sa seule chance de liberté avait disparu. Elle
avait été jetée à l'arrière d'un van, une cagoule rapidement
mise sur sa tête, et ligotée.

Elle n'avait même pas été en mesure d'apercevoir les
deux hommes qui l'avaient attrapée. Le véhicule se déplaçait
dans un mouvement fou et erratique qui la faisait rouler d'un
côté à l'autre. Quelqu'un lui donna un coup de pied violent,
l'envoyant rouler dans l'autre sens. Elle s'efforça d'étouffer
ses sanglots.

On l'avait menacée, on lui avait dit d'arrêter et de rendre
ce qu'elle avait pris. Mais aucun de ces choix n'avait été une
option.

Où était-elle censée aller ? Ces gens avaient les bras longs
et beaucoup de ressources. Et pour leurs crimes, ils ne
s'arrêteraient pas avant d'avoir jeté son corps sans vie dans
une rivière. Ou pire, de lui mettre des chaussures en ciment

et de la jeter vivante dans l'océan. Elle était presque sûre que c'était arrivé à d'autres personnes qui avaient croisé leur chemin. Mais elle n'avait aucune preuve. Comment pouvait-elle s'en sortir ?

Elle ne pleurait pas souvent, et elle ne le ferait certainement pas maintenant. Elle était trop en colère. Contre elle-même, contre Merk.

Pourquoi n'avait-il pas été là plus tôt ? Puis elle réalisa qu'il avait fait le tour du bâtiment. Comme s'il se dirigeait vers son véhicule avec ses clés dans les mains. L'avait-il attendue devant ? Ou même à l'intérieur ? Lui avait-elle demandé de patienter dehors ou dedans ? Elle ne s'en souvenait plus.

Elle n'agissait plus et ne pensait plus clairement. La panique avait envahi son monde. Et désormais, elle parvenait à peine à respirer.

Le véhicule partit à gauche, et elle fut projetée sur le côté une fois de plus. Son dos heurta contre quelque chose de nouveau. Elle ne put retenir un gémissement.

— Espèce de salope, reste où tu es.

Comment était-elle censée y parvenir alors qu'ils conduisaient comme des fous ? Pourquoi roulaient-ils comme ça ? Ça allait attirer l'attention sur eux. Elle étouffa un soupir d'espoir. À moins qu'ils n'aient déjà attiré l'attention. Était-il possible que Merk les ait poursuivis ? Était-il en train d'appeler de l'aide ? Faites qu'il contacte la police. C'était le seul moyen pour elle de se sortir de ce pétrin. Elle aurait dû commencer par là, mais elle avait peur que les hommes qui la poursuivaient aient des contacts haut placés dans les forces de l'ordre. Elle ignorait à qui se fier.

Alors, elle avait contacté Merk. Son nom avait été le premier à lui venir à l'esprit quand elle avait réalisé qu'elle avait de gros problèmes. Peut-être, seulement peut-être, qu'il était devenu un SEAL – l'un des rares objectifs qu'il avait partagés avec elle lorsqu'il était ivre. Elle comprenait les statistiques selon lesquelles presque personne ne réussissait l'entraînement, et elle ne savait pas vraiment qui il était personnellement. Mais elle avait espéré... Bon sang, elle avait espéré qu'il serait là pour elle.

Elle ferma les yeux et se força à respirer aussi naturellement que possible. Avec la cagoule sur sa tête, c'était difficile, mais elle ne voulait pas hyperventiler, et elle pouvait sentir le vertige la saisir. Et puis le vacarme autour d'elle s'installa.

— Sème ce bâtard !

— J'essaie. Qu'est-ce que tu crois que je fais depuis dix minutes ?

— Tu te traînes. Débarrasse-toi de lui.

Une autre voix se fit entendre.

— Et si tu n'y arrives pas, gare-toi et laisse-moi conduire. Je vais secouer ce trou du cul.

Elle sourit. Peut-être qu'appeler Merk n'avait pas été la plus grosse erreur qu'elle ait jamais commise. Il était possible qu'elle ait de la chance et que quelqu'un l'aide pour une fois.

Le véhicule prit un nouveau virage, les pneus crissèrent, les hommes jurèrent, et la musique vint à ses oreilles : des sirènes. Et maintenant, ils juraient vraiment.

— Plus vite, plus vite !

— Putain de merde ! On ne peut pas laisser les flics nous tomber dessus. Fous le camp d'ici.

— C'est ce que je fais. Donne-moi seulement une minute. Je peux atteindre les tunnels et les semer là-bas.

— Tu ne peux pas y aller dans le mauvais sens, bon sang. Oh, merde !

Au lieu des cris, il y eut un silence. Mais le véhicule filait à toute allure, et elle réalisa qu'ils allaient probablement se retrouver dans un gros accident. Et si elle n'avait pas de chance, elle mourrait dans cette foutue boîte en fer blanc. Elle n'était pas contre l'idée qu'ils meurent tous, mais elle ne devait pas sombrer pour l'instant.

Pourtant, elle était incapable d'entreprendre quoi que ce soit. Elle essayait, mais ses pieds étaient liés et ses mains attachées derrière elle avec une lourde corde, même si les nœuds autour de ses chevilles se défaisaient au fur et à mesure de ses roulades. Puis il y eut d'autres hurlements.

— Fais attention !

— Putain de merde, c'était pas loin !

Le véhicule fit une embardée et vacilla alors que les sirènes derrière eux se rapprochaient, plus fortes. Elle n'avait aucune idée de la place de Merk dans tout ça. Elle ne voulait pas qu'il ait des problèmes ou qu'il soit blessé, mais elle espérait vraiment qu'il ne l'avait pas abandonnée.

Les sirènes étaient un énorme signe. Seulement, l'élan du van ne s'arrêta jamais. C'était un lundi, et elle avait conscience que la circulation avait été dense avant qu'on lui mette le sac sur la tête. C'était Houston. Mais la camionnette zigzaguait toujours entre les véhicules pour s'échapper. Dans son monde d'obscurité, elle était en mesure d'entendre le métal crisser lorsque les voitures s'entrechoquaient, ainsi que des bruits de freins et d'impacts ponctuels. Soudain, ils sortirent de l'obscurité et revinrent à la lueur du jour. Même avec la cagoule sur la tête, elle parvenait à sentir la différence dans la lumière qui l'entourait.

— Prends à gauche. La concession est juste devant.

La camionnette tourna dans cette direction, prit un puissant virage à droite, puis le conducteur freina si fort qu'elle fut projetée en avant. Elle heurta un objet pointu. Elle cria de douleur. Sa jambe, merde, elle était blessée. Espérons que ce ne soit pas assez grave pour l'empêcher de courir, car, si elle en avait l'occasion, elle se tirerait d'ici. Elle était allongée sur le sol et haletait pour respirer. Reconnaissante de l'interruption de cette course suicidaire, ses oreilles étaient en alerte, à la recherche des sirènes.

Mais elle ne trouva que le silence. Ses épaules s'affaissèrent quand elle réalisa qu'ils avaient fait l'impossible. Ils s'étaient échappés. De la police et de Merk, et elle était toujours captive. La porte s'ouvrit, elle fut attrapée et jetée au sol à l'extérieur. Elle cria en atterrissant, sa jambe blessée heurtant la terre battue.

— Qu'est-ce qu'on fait d'elle ?

— Gardez-la avec nous. On a besoin de nouvelles roues. Choisissez un véhicule dans le parking et faites-le chauffer. On la remettra à l'arrière.

Et c'est là qu'elle comprit qu'elle était capable de voir très légèrement à travers la cagoule qu'ils avaient placée sur sa tête. Un sac en toile de jute. Comme la plupart des merdes fabriquées aujourd'hui, sans qualité textile. Les trous étaient plus larges que la normale. Elle regarda les hommes se déployer ; elle en compta quatre, en quête d'un autre moyen de transport.

Elle était dans une concession ou une casse. Il y avait des véhicules partout. Quel endroit parfait pour cacher le van. En même temps, peut-être qu'elle pouvait aussi se sortir d'ici.

Elle s'assit, enleva d'un coup de pied la corde maintenant desserrée de ses jambes, sauta sur ses pieds, et se retourna pour scruter autour d'elle, anxieuse de trouver un endroit où se cacher. Elle se faufila entre les deux premières rangées de voitures. Les hommes étaient partis sur la gauche, elle prit à droite.

Et elle continua à courir. Vingt mètres plus loin, elle trébucha et tomba, heurtant violemment le sol, son visage s'enfonçant dans la terre. Elle se redressa en crachant, mais au moins la chute lui avait libéré les mains. Avec ses bras libres, elle enleva rapidement la cagoule de sa tête. Elle pouvait voir clairement où elle était maintenant. Une route principale n'était pas loin.

Baissée, se faufilant entre les véhicules, elle courut et poursuivit jusqu'à atteindre un portail. Mais elle ne parvenait pas à l'ouvrir. Elle ignorait comment ils avaient pénétré dans cet endroit, mais le fil de fer au sommet de la clôture était susceptible d'être électrifié.

Elle persista à suivre le périmètre, cherchant l'accès par lequel ils étaient entrés. Puis elle entendit un coup de feu au loin. Elle plaqua une main sur sa bouche pour retenir ses cris et se glissa sous un véhicule. Au moins, elle pouvait se cacher. Après que l'arme eut tiré, elle entendit les bruits d'une voiture allant d'un bout à l'autre des rangées. Et des hommes qui criaient. Suivis d'un silence béni. Elle s'allongea, haletant pour respirer, essayant de ne pas crier. Mais les sanglots sortaient toujours. Où étaient-ils partis ? Et pourquoi ? Était-elle en lieu sûr ?

Étaient-ils tous partis ? Ou quelqu'un l'attendait-il encore ?

Des sirènes se mirent à hurler sur le terrain. Et puis tout bascula. Elle savait que les hommes qui l'avaient kidnappée avaient filé. Elle ignorait qui avait été abattu, mais elle avait conscience qu'il y avait une chance qu'elle soit en sécurité. Et une chance de recevoir la prochaine balle.

Au bout de quelques minutes, elle distingua quelqu'un qui l'appelait.

— Katina, tu es là ?

— Katina ? héla un autre homme.

— Katina, où es-tu ? Tu es blessée ?

Toutes les voix n'étaient pas familières. Et elle réalisa que ces personnes étaient toutes à sa recherche. Elle n'était pas encore en mesure de les voir, alors elle patienta. Mais même si c'étaient des policiers, pouvait-elle leur faire confiance ? Puis elle entendit une voix qui fit gonfler son cœur de joie.

— Katina, c'est Merk. Où es-tu, bon sang ?

Dans le silence qui suivit, elle pouvait presque l'entendre grogner. Il était si proche.

— J'ai vu la voiture partir, et tu n'étais pas dedans, donc je sais que tu es ici quelque part. Es-tu blessée ? On va fouiller cet endroit de fond en comble, mais si tu peux m'entendre, émets un bruit ou fais-nous savoir où tu es.

— Ici, cria-t-elle. Merk, c'est toi ?

Et soudain, il était là, son visage à quelques centimètres du sien alors qu'il s'accroupissait à côté de la voiture sous laquelle elle était.

Et il sourit.

— Te voilà. Tu peux sortir ? Es-tu blessée ?

Elle se traîna sur le sol jusqu'à ce qu'elle soit dégagée du véhicule, puis Merk la prit dans ses bras et se retourna en hurlant :

— Elle est là.

En la portant, il se dirigea vers une douzaine de policiers et leurs véhicules. Les hommes les entourèrent rapidement. Elle ne parvenait pas à s'arrêter de pleurer. Mon Dieu, elle détestait ça. Dans les moments de stress, c'était un véritable soulagement de pleurer, mais en même temps, cela lui donnait l'air tellement… féminin.

Merk demanda de nouveau :

— Es-tu gravement blessée ?

Elle leva la main pour toucher son visage et murmura :

— Je pense que ça va. J'ai mal à la cuisse, mais pas trop.

— Une ambulance arrive, dit l'un des policiers. Du sang coule de l'arrière de sa jambe. Elle devrait être examinée.

— Sais-tu où ils t'emmenaient ? la questionna Merk d'une voix dure.

Elle secoua la tête alors que ses sanglots continuaient à éclater.

— Non. Je n'en ai aucune idée.

— Pourquoi t'ont-ils kidnappée ? As-tu reconnu ces hommes ?

— Non, chuchota-t-elle.

Maintenant, elle réalisait qu'elle était en sécurité.

— Je ne les ai jamais vus avant.

Elle ouvrit la bouche pour en dire plus, mais se retint. Son regard aperçut un individu mort sur le sol. Elle ferma la bouche, puis murmura :

— C'était le conducteur ? J'ai entendu le coup de feu, mais j'ignorais qui avait été touché.

— Nous ne sommes pas sûrs de qui c'était. J'espérais que vous pourriez nous le révéler, intervint l'un des policiers.

Les yeux écarquillés, elle branla du chef.

— J'avais une cagoule sur la tête la plupart du temps. Je n'ai jamais eu l'occasion de distinguer qui que ce soit.

Merk la serra contre sa poitrine, et elle pouvait sentir ce regard insistant alors qu'il la fixait. Elle ouvrit les paupières pour le voir, puis elle fit un petit signe de tête, à peine perceptible, vers les hommes qui les entouraient. Instantanément, Merk comprit.

Heureusement, l'ambulance arriva. Merk la porta.

Elle serra fort sa main et murmura :

— S'il te plaît, je ne veux pas aller à l'hôpital.

— Ça dépend de la gravité de la situation.

— Il n'y a rien de grave. Je vais bien.

Elle se tourna pour le regarder fixement, voulant qu'il saisisse.

Elle consentit à ce que les ambulanciers l'examinent. Alors qu'elle était assise sur le bord de l'ambulance, le coroner arriva pour le mort. Elle observa le terrain ; les véhicules d'urgence étaient partout. Au-dessus d'une remorque se trouvait un panneau. Action Auctions. Elle frissonna. Quel endroit idéal pour changer de véhicule.

Les brancardiers firent leur possible, et l'un d'eux indiqua :

— Elle devrait aller aux urgences.

Elle se leva d'un bond, en criant :

— Non !

Elle avança de quelques pas, et, même si elle grimaçait, la douleur n'était pas trop forte.

— Rien n'est cassé. Je vais rentrer chez moi et consulter mon médecin. Si j'ai besoin d'analgésiques ou autre, il me fera une ordonnance.

Les ambulanciers lui dirent que c'était son choix. Merk la raccompagna à son gros camion, et elle sourit. Elle était aussi *badass* que lui. Quand elle voulut ouvrir la porte, la grande main de Merk arriva la première. Il l'ouvrit, souleva doucement Karina et la plaça sur le siège passager.

— Reste ici.

Il ferma la portière, mais, juste avant qu'elle ne se referme, elle sortit la tête et lança :

— Qu'est-ce que tu vas raconter à la police ?

Il lui offrit un regard rassurant.

— Qu'on va faire une déposition.

Déçue, elle s'affaissa sur son siège. Ce n'était pas ce à

quoi elle s'attendait. Il y aurait une sacrée enquête là-dessus.

Le problème, c'était qu'elle n'osait pas leur dévoiler la vérité.

MERK N'AVAIT AUCUNE idée de ce qui se passait. Mais elle sentait manifestement que d'autres policiers étaient, ou étaient susceptibles d'être, impliqués, et elle était tout aussi terrifiée par l'hôpital. Il n'était pas sûr de la façon d'agir avec elle, mais il ne pouvait pas la laisser seule pour le moment. Il devait l'emmener dans un endroit privé pour découvrir ce qui se tramait.

Après avoir assuré aux agents des forces de l'ordre qu'il l'amènerait au poste de police plus tard dans l'après-midi, une fois qu'il l'aurait calmée, ils le laissèrent partir. Ils avaient aussi d'autres choses à faire, et Karina avait besoin de se reposer un peu. Peut-être qu'il la conduirait d'abord chez le médecin. Ses plans pour la journée avaient complètement changé, et il souhaitait se concentrer sur ce qu'il en restait.

Les flics rouspétèrent jusqu'à ce qu'il tende sa carte d'identité et déclare :

— S'il y a un problème, contactez Levi, mais je vous promets personnellement qu'elle sera là.

— Elle devrait quand même aller à l'hôpital, insista l'un d'eux. Cette blessure est assez profonde.

Merk hocha la tête.

— Elle espère voir son médecin. Je vais d'abord la faire examiner, puis nous nous y rendrons.

En s'éloignant, il ajouta :

— Si vous n'êtes pas là, à qui doit-on s'adresser au poste ?

L'un des hommes s'avança et dit :

— Je vais ouvrir le dossier.

Il lui rendit sa carte d'identité et déclara :

— Contactez-moi à votre arrivée. Je serai là dans quelques heures. Nous effectuerons une fouille minutieuse de cet endroit, en cherchant surtout la camionnette de fuite, pour vérifier s'ils ont laissé quelque chose derrière eux.

— Parfait.

Merk retourna vers le camion, heureux de constater qu'elle n'était pas partie, mais remarqua qu'elle s'était abaissée, comme si elle ne voulait pas qu'on la voie. Il monta dans le véhicule, alluma le moteur et fit lentement marche arrière pour sortir de la concession. Pour une cachette, c'était un sacré bon endroit.

— Attends.

Il freina.

— Quoi ?

Elle pointa du doigt.

— Là. Ce n'est pas le van dans lequel ils m'ont kidnappée ?

Il se gara, sauta à terre, et se dirigea vers la fourgonnette. Elle se fondait parfaitement dans le paysage, comme si elle y appartenait. Il vérifia l'arrière pour trouver une plaque d'immatriculation et réalisa qu'elle avait raison. Il n'y en avait pas.

Ouvrant la porte latérale, il jeta un rapide coup d'œil, puis se dirigea vers la boîte à gants. Aucun papier nulle part. Il nota rapidement le numéro VIN et appela la police. Quand ils arrivèrent, il expliqua que c'était le véhicule qu'ils recherchaient.

Les hommes se mirent au travail. Quand il remonta dans le camion, il se tourna vers Karina et lui demanda :

— Autre chose ?

Elle secoua la tête.

— Non. S'il te plaît, est-ce qu'on peut seulement s'éloigner d'ici ?

Il opina du chef et, cette fois, quand il sortit du terrain, il continua à avancer.

Chapitre 3

— PEUX-TU ME conduire à ma voiture, s'il te plaît ? Je veux vraiment la récupérer.

Elle était assise en boule dans un coin, de l'autre côté du camion de Merk. Elle fixait son profil, se demandant comment il était devenu aussi grand. Il semblait que l'homme qu'elle avait épousé était presque un garçon comparé à celui qui était assis à côté d'elle maintenant. Il était aussi beaucoup plus séduisant et puissant. Comment cela se pouvait-il ? On aurait dit que les gens déclinaient quand on ne les voyait pas pendant une décennie ou plus. Au lieu de cela, il s'était sérieusement amélioré. Il était sexy comme pas possible.

Elle branla du chef. Même à l'époque, elle savait comment les choisir.

— Quand vas-tu me raconter ce qui se passe ?

— C'est mieux si je ne dis rien, éluda-t-elle précipitamment. Ces types ont manifestement prouvé qu'ils feraient tout leur possible pour me réduire au silence, et je ne veux pas que tu sois blessé.

Sa tête tourna vers elle, son regard dur, l'éclat mortel.

— Ne joue pas à ce jeu de merde avec moi. Tu as des problèmes, et je suis l'une des rares personnes sur cette putain de planète qui peut t'aider. Alors, ferme-la avec ce genre de discours, et explique-moi de quoi il retourne.

Ils étaient presque à l'arrière du pub désormais.

— Je dois récupérer ma voiture, faire une déposition, et faire soigner ma jambe, énuméra-t-elle. Après tout ça, s'il me reste de l'énergie, je t'en parlerai.

Sur ce, il traversa le parking.

— On va d'abord aller à la police.

Il jeta un coup d'œil et vit l'expression de son visage.

— Non, oublie. La clinique d'abord pour te soigner, la police ensuite, puis on reviendra ici pour ta voiture.

Elle l'observa fixement.

— Tu n'étais pas si autoritaire à l'époque.

— Et tu n'étais pas aussi stupide.

Il lui lança un regard noir.

— Tu pensais vraiment que j'allais te laisser partir avec ces hommes à tes trousses ? Sûrement pas.

— C'est énorme, protesta-t-elle. Genre, vraiment énorme.

— Bien, lança-t-il. Parce que je fais les choses en grand, alors habitue-toi à ça.

Elle se mura dans le silence, se demandant comment sa vie était devenue si folle. Mais ça n'avait plus d'importance maintenant parce qu'il venait de se garer à côté d'une clinique. Il sortit, mais lorsqu'il lui adressa un regard en biais, elle comprit qu'il était toujours en colère.

Elle le considéra tandis qu'il contournait le véhicule et ouvrait la porte du passager. Bien qu'il soit énervé, ce n'était pas dirigé contre elle.

Il lui tendit la main et lui dit :

— Descends doucement.

Avec son aide, elle sortit du camion. Son premier pas fit naître un cri sur ses lèvres. Elle avança en boitant et murmura :

— Merci.

Mais il ne lâcha pas sa main. Au lieu de cela, il la condui-sit dans le bâtiment. Heureusement, ce n'était pas très fréquenté. Elle se demanda si elle n'avait pas gagné à la loterie sur ce point.

Une fois à l'intérieur, on lui nettoya la jambe, le médecin posa quelques points de suture, la banda, et elle fut de retour dehors en moins de quatre-vingt-dix minutes.

Elle secoua la tête.

— C'est à cause de ta présence qu'on est entrés et sortis si vite ? le questionna-t-elle avec une note d'humour.

— Peut-être, admit-il en haussant les épaules. Je m'en foutais, tant qu'on s'occupait de toi.

Il l'aida à réintégrer le véhicule et se dirigea vers le côté conducteur.

Elle le regarda monter facilement.

— On va où maintenant ? l'interrogea-t-elle.

— Au commissariat de police. On va faire cette satanée déposition pour qu'on puisse en finir avec tout ça.

Même si elle n'avait pas hâte d'y être, elle savait qu'il avait raison.

De plus, il ne lui laissait pas beaucoup de choix.

Trouver où se garer au poste, c'était une autre histoire. Elle n'avait pas bien compris, en arrivant à la clinique, pourquoi elle était si vide. Mais quand ils arrivèrent au commissariat, elle en déduit que c'était parce que les trois quarts de cette foutue ville étaient là. Merk réalisa quand même un miracle en trouvant une place vide dans le coin le plus éloigné. Sa jambe était douloureuse, et la marche n'était pas quelque chose qu'elle appréciait, mais il fallait que ce soit fait.

— Je te proposerais bien de te porter, mais il y a de

fortes chances que tu ne le veuilles pas, dit Merk à ses côtés.

Elle lui lança un regard.

— Je ne me souviens pas que tu m'aies portée pour franchir le seuil à l'époque.

Il laissa échapper un éclat de rire et déclara :

— Je me demandais si on allait évoquer ce point dans nos vies.

D'un geste qui lui arracha un cri, il se baissa et la souleva, puis la porta jusqu'à l'avant du poste.

— Tu as droit à un voyage par-dessus le seuil maintenant puisque j'ai raté une occasion à l'époque.

— Tu étais probablement trop ivre, le railla-t-elle, un sourire aux lèvres.

— Et, par conséquent, il y a des chances que tu aies été trop ivre pour te le rappeler de toute façon.

Et sans un mot de plus, ils se remirent en route, sachant tous deux où ils avaient été, ce qu'ils avaient fait, et surpris de se retrouver dans la situation actuelle.

Elle se demandait encore pourquoi elle avait eu l'impulsion de l'appeler alors qu'elle était en difficulté. Mais en fin de compte, c'était la meilleure décision qu'elle avait prise depuis longtemps.

À l'intérieur, il l'installa près des chaises, car ils devaient attendre. Finalement, le détective sortit et les emmena à son bureau. Elle enroula ses bras autour de sa poitrine et essaya de répondre aux questions calmement. Elle n'était pas sûre de pouvoir en dire beaucoup, donc elle hésita plusieurs fois, ne donnant que des demi-réponses.

On l'avait prévenue de ne pas aller à la police, alors elle ne comprenait pas vraiment ce qu'elle était censée faire d'autre. Si on lui avait donné le choix, elle ne serait jamais venue faire une déposition.

Elle était prête à traverser la moitié du pays en courant, et comptait toujours mettre ce plan à exécution, si elle parvenait à retrouver sa voiture. Son appartement avait disparu ; elle vivait dans un hôtel depuis quelques nuits, et ils lui avaient quand même mis la main dessus. Ils avaient été jusqu'à appeler sur son téléphone portable. L'interrogatoire du policier ne cessa pas, mais elle se contenta de réponses monotones et monosyllabiques.

— Je suis désolée. Je suis seulement si fatiguée, et la douleur se fait vraiment sentir, chuchota-t-elle.

L'officier la regarda avec sympathie. Il imprima sa déclaration, puis la lui tendit pour qu'elle la signe.

— Voilà. Si vous pouvez attendre encore quelques minutes, nous devons poser quelques questions à votre ami, dit-il. Ensuite, vous pourrez tous les deux rentrer chez vous.

— Bien sûr, acquiesça-t-elle avec un léger sourire.

Elle souffrait à cause de sa jambe. On lui avait fait une piqûre quand on avait suturé sa plaie, mais ses effets commençaient à se dissiper. Elle pensait avoir une ordonnance dans sa poche parce que le médecin lui avait tendu un papier, mais elle ne l'avait pas regardé. Elle l'avait simplement glissé en une boule froissée dans le coin de la poche de sa veste. Elle prenait rarement des médicaments, sachant qu'elle serait endormie et donc trop fatiguée pour conduire si nécessaire. Mais en ce moment… elle aurait aimé en avoir.

Elle écouta Merk donner ses réponses, puis réalisa qu'il faisait exactement comme elle. Il agissait prudemment. Il exprimait des demi-vérités, ne mentait pas vraiment, mais ne révélait pas tout. Et avec ce petit geste, elle eut d'autant plus confiance en lui.

C'était stupide, non ? Mais il couvrait ses arrières aussi bien que les siens, et elle appréciait cela. Quand il termina finalement et signa sa déclaration, il se leva et lui tendit la main.

Le temps qu'ils se retrouvent dehors, elle n'était pas sûre de pouvoir tenir debout plus longtemps, sans parler de conduire. De plus, son véhicule était une voiture standard.

Et pour une raison quelconque, cette vérité ne lui était pas apparue avant qu'elle ne regarde le camion de Merk. Elle le fixa avec consternation.

— Je ne sais pas si je peux conduire.

— Ça n'a pas d'importance puisque tu ne vas pas essayer.

— Je ne peux pas seulement la laisser sur le parking. Elle va être envoyée à la fourrière.

— Je m'en suis déjà occupé.

Il la poussa à moitié sur le siège et ferma la porte sur elle. Une fois qu'il fut installé de son côté, elle demanda :

— Qu'est-ce que tu veux dire par là ?

Mais il ne répondit pas. Au lieu de cela, il quitta le parking et retourna au pub où sa voiture était garée.

C'est alors qu'elle se souvint de quelque chose d'autre qu'il avait mentionné.

— Je suis désolée d'avoir gâché ta journée.

Il grimaça.

— J'avais une liste complète de commissions à faire, mais je ne suis plus très optimiste.

— Je suis vraiment navrée.

Il haussa les épaules.

— Je dois encore aller chercher un certain nombre de provisions, mais le reste devra peut-être attendre demain ou après-demain.

Il jeta un coup d'œil dans la rue, comme s'il cherchait à savoir où ils étaient.

— On reviendra sur ça une fois qu'on se sera occupés de ta voiture.

Elle pencha la tête en arrière et se demanda ce que cela pouvait bien signifier, mais elle se sentait suffisamment mal pour ne pas s'en soucier jusqu'à ce qu'il se range à l'arrière du pub et se gare derrière son véhicule.

Il tendit la main et la questionna :

— Où sont les clés ?

Elle le considéra d'un regard vide.

— Pourquoi ?

Il fit signe à un homme qui se tenait devant eux.

— C'est Levi. Il va ramener ta voiture.

— La ramener où ?

Merk la fixa et dit :

— Au complexe où je vis.

Elle ouvrit la bouche pour protester, puis réalisa qu'elle n'avait pas vraiment le choix. Elle ne pouvait pas conduire, elle était en mauvaise condition physique. Elle avait vraiment besoin que quelqu'un prenne les choses en main, au moins pour quelques heures. Elle fouilla dans sa poche et donna ses clés. Puis elle regarda Merk sauter du camion pour parler au grand gars devant eux.

La discussion dura environ dix minutes, avec divers mouvements de mains qu'elle n'arrivait pas à déchiffrer. Finalement, Merk remonta dans le véhicule et déclara :

— Bien. Il va m'aider à récupérer les provisions que je suis venu chercher en ville.

— Ça n'a aucun sens. Il a dû venir ici d'une manière ou d'une autre, et, s'il conduit ma voiture, comment la sienne va-t-elle retourner chez lui ?

Merk rit.

— Mets ta tête en arrière et dors. Si tu étais dans ton état normal, tu connaîtrais la réponse.

Ils passèrent devant un autre gros camion presque iden-tique à celui de Merk. Une belle blonde était au volant. Merk fit un léger signe de tête auquel elle répondit, et ils continuè-rent. Instantanément, un coup de poignard de jalousie traversa Katina. Qui était cette femme ?

MERK N'AVAIT AUCUNE idée de ce qui se passait dans la vie de Katina, mais il y avait quelque chose de sûr. Il voulait l'interroger, mais elle n'était pas en forme pour le moment. Ses yeux étaient embrumés par la douleur, son corps était recroquevillé dans un coin, et ses bras étaient en travers de sa poitrine. Elle devrait être endormie dans quelques minutes.

Mais il avait beaucoup d'arrêts à faire. Il avait partagé ses tâches avec Levi, mais ils n'avaient plus beaucoup de temps avant la fermeture des magasins. Il prendrait quand même ce qu'il pouvait, puis retournerait à l'enceinte. Il secoua la tête. Qui aurait cru que sa journée se terminerait de cette façon ?

Il ne l'avait pas vue depuis onze ans. Et tout à coup, elle avait appelé pour demander de l'aide.

Une chose était certaine, avant qu'elle ne soit en mesure de quitter le complexe, il en apprendrait beaucoup plus sur les soucis qu'elle rencontrait, car il l'avait vue se faire enlever. Ce n'était pas un simple hasard. Pas un enlèvement par un inconnu. Elle avait été ciblée. Et il avait envie de savoir pourquoi. Le fait qu'ils aient tiré sur un de leurs propres hommes et l'aient laissé derrière eux laissait penser qu'il y avait un problème bien plus important. Aussi, elle n'avait pas parlé franchement aux flics. Donc soit elle ne voulait pas qu'ils soient impliqués, soit elle n'avait pas confiance en eux.

Non pas que Merk n'avait pas confiance non plus, mais

il avait été trahi lui-même. Toute son unité l'avait été, donc il n'avait donné qu'un minimum d'informations dans sa déclaration. Il était tout aussi important de comprendre qui était votre ennemi. Et à ce stade, il n'en avait aucune idée. Lorsqu'il s'arrêta à son troisième magasin, il se précipita à l'intérieur pour prendre les matériaux pour le dernier prototype de Stone, retourna au camion et jeta les articles derrière le siège. Il réalisa qu'elle avait finalement arrêté de lutter et s'était endormie. Il s'interrompit et étudia ses traits pendant un long moment, puis tendit un doigt et caressa sa joue.

À voix basse, il murmura :

— Je me demande dans quel pétrin tu t'es fourrée, Katina. Mais si tu penses que tu peux me satisfaire en ne me donnant que de petits morceaux, tu te trompes lourdement. J'irai au fond des choses, avec ou sans ta permission.

Il s'installa sur son siège, boucla sa ceinture et démarra le moteur.

Il n'avait encore jamais reculé devant un combat. Et quand ces hommes avaient kidnappé Katina, il ne désirait rien de plus que leur mettre la main dessus.

Chapitre 4

ELLE SE RÉVEILLA lorsque le camion s'arrêta brusquement. Elle s'assit, groggy, et regarda fixement leur passage d'un énorme portail métallique dans une grande zone clôturée avec plusieurs bâtiments. Plusieurs autres camions étaient garés à l'extérieur, tout comme celui dans lequel elle se trouvait.

Elle se tourna vers Merk et dit :

— Où sommes-nous ?

— Hé, comment tu te sens ?

— Mieux, admit-elle. Mais tu ne réponds pas à ma question.

Elle scruta autour d'elle et réalisa qu'un autre véhicule arrivait derrière eux. Il stationna à côté de sa voiture. Elle pivota de nouveau vers Merk avec un œil interrogateur.

— C'est le complexe dont tu parlais ?

— Oui, c'est là que je vis et travaille.

Elle étudia le site. C'était énorme. Son regard revint directement sur l'homme qui sortait de sa voiture. Il était aussi grand que Merk, si ce n'était davantage. Et stupéfiant. Mais plus que ça, il se comportait comme Merk. Le même air d'attitude volontaire et de puissance contrôlée.

De l'autre côté du bâtiment, la déesse blonde se dirigea vers l'autre type, et, avec un sourire, celui-ci passa un bras autour de ses épaules, puis ils entrèrent ensemble dans le grand édifice.

Soudain, Katina lança à Merk :

— Je veux mes clés.

— Tu peux les avoir.

Merk ouvrit la portière de son véhicule, en sortit et fit le tour pour ouvrir la portière de Katina.

— On va te faire descendre et rentrer.

Il se recula légèrement pour lui laisser un peu d'espace.

— Ensuite, je dois décharger le camion.

Elle glissa sur le sol sans son aide et grimaça légèrement lorsque ses pieds heurtèrent le sol. La douleur n'était pas trop forte. Elle s'essaya sur quelques pas et réalisa que, même si elle avait mal, elle n'était pas handicapée.

— Ça va beaucoup mieux, lui annonça-t-elle en prenant déjà des affaires dans son véhicule. Je suis en mesure de rentrer chez moi toute seule maintenant.

— Tu pourrais, mais tu dois te rendre à l'intérieur et demander à récupérer tes clés.

Il se retourna et s'éloigna d'elle, les bras chargés.

— Ou tu peux aller les chercher pour moi, cria-t-elle, debout à côté de sa voiture. Et me faire gagner quelques pas.

— Si c'est si douloureux, tu n'es pas en état de conduire.

La porte de la maison claqua derrière lui. Elle le fixa. Elle n'allait pas entrer là-dedans. Elle ne connaissait personne ici. Elle se retourna, s'appuya contre sa voiture et attendit qu'il ressorte. Cela prit environ cinq minutes, puis il arriva en sifflotant.

Tant mieux s'il était heureux. Elle demanda :

— Tu as mes clés ?

— Je les ai.

Il jeta les clés en l'air puis, pendant qu'elle regardait, les rattrapa et les mit dans la poche de son jean.

— Ce n'est pas juste, protesta-t-elle. Donne-moi mes clés.

— Si tu penses que tu vas partir avec cette jambe, tu te trompes.

Elle le dévisagea.

— Qu'est-ce qui te fait croire que tu es le patron ?

Il se retourna et la fixa.

— Toi, à la minute où tu m'as appelé à l'aide.

Il fit un pas vers elle et, à voix basse, ajouta :

— Habitue-toi à ça. Je suis là pour t'épauler et je ne vais pas m'en aller. Peu importe ce que tu dis ou comment tu essaies de me repousser.

Merde ! Maintenant, qu'est-ce qu'elle allait faire ?

Quand il revint vers le camion pour la troisième tournée, il s'arrêta et demanda :

— Tu es prête à entrer et à rencontrer les autres maintenant ?

Elle croisa ses bras sur sa poitrine et rétorqua :

— Et si je ne veux pas ?

Il haussa les épaules.

— Eh bien, ils t'attendent, mais si tu n'as pas envie d'être sociable, ce n'est pas grave. Tu peux rester ici. Mais il va bientôt faire froid. À l'intérieur, c'est confortable, il fait bon, et il y a de la nourriture chaude et du café.

Alors qu'il s'éloignait de nouveau, les bras chargés du contenu du camion, il cria :

— On est peut-être tous des guerriers, mais nous ne coupons pas la tête des innocents.

Elle fixa la porte et pensa à combien il avait été utile. Il avait raison. Elle avait appelé, et il était venu en courant. Il lui avait sauvé la vie. Entrer et socialiser pendant quelques instants, c'était le moins qu'elle puisse faire.

Bien.

Quand il sortit la fois suivante, elle se tenait presque sur le seuil de la porte. Il s'arrêta quand il la vit et sourit.

— Heureux de constater que tu es raisonnable.

Il désigna le camion. Elle attendit qu'il prenne les cartons restants et se dirige vers elle. Elle lui tint la porte ouverte, et il entra, sans se soucier qu'elle le suive ou non.

Il la rendait folle encore une fois. Il avait été comme ça onze ans auparavant, et ils ne se connaissaient que depuis un jour.

Elle l'accompagna à l'intérieur. Il prit à gauche et posa tous les cartons au milieu de la pièce. Elle se retourna et regarda le contenu de cette dernière avec fascination. On aurait dit un immense garage, mais avec des établis et d'autres choses encore, comme s'ils effectuaient du travail de développement sophistiqué ici.

Alors qu'il s'avançait de nouveau vers elle, elle le considéra attentivement et demanda :

— Que fais-tu exactement dans la vie ?

— Sécurité privée, indiqua-t-il simplement.

— Oh !

Il lui saisit la main et prononça :

— Viens.

Il la conduisit dans ce qui semblait être une cuisine avec un long banc. Au centre de l'espace se trouvaient au moins une demi-douzaine de personnes.

Elle se tenait maladroitement à côté de Merk lorsque la femme à l'allure de déesse pivota et la vit.

— Bonjour, je m'appelle Ice. Qui es-tu ?

Les mots qui s'échappèrent de sa bouche n'étaient pas ceux auxquels elle s'attendait.

— La femme de Merk.

La pièce se figea.

Et puis elle réalisa ce qu'elle avait dit.

— Ex-femme. Je suis l'ex-femme de Merk, se corrigea-t-elle précipitamment. Je m'appelle Katina Marshal.

— Bienvenue, Katina. Nous avons fait une place pour toi à la table, alors viens t'asseoir.

D'une voix douce, Ice se tourna vers Merk et lança, une lueur dans les yeux :

— Merk, va chercher un café pour ta femme.

Katina grimaça.

— Désolée, Merk.

Avec un haussement d'épaules irritable, il répliqua :

— Ils devaient bien le découvrir un jour ou l'autre. Alors, peu importe.

Mais l'auraient-ils découvert ? S'ils étaient étonnés, cela signifiait qu'il ne leur avait pas parlé de ce qui s'était passé onze ans plus tôt. Quand Katina s'assit enfin, Merk lui tendit une grande tasse de café. Noir, comme elle l'aimait. Cela la surprit. Elle s'était aussi souvenue de toutes sortes de petites choses à son sujet. Décidant de ne pas en parler, elle se blottit contre la tasse et souffla sur la surface du liquide. Elle aurait vraiment aimé le boire, mais c'était trop chaud.

Quand ils furent tous assis, un air d'attente commença à planer sur la table. Elle regarda Merk et haussa les épaules.

Il se contenta de dire :

— Tu en as parlé. Tu expliques.

Les sourcils de Karina remontèrent vers la racine de ses cheveux.

— Je préférerais ne pas avoir à le faire. N'est-ce pas évident ? On était mariés. Maintenant, on est divorcés. C'est un livre fermé.

— C'était il y a combien de temps ? demanda Ice avec

curiosité. Je connais Merk depuis longtemps.

Katina gloussa.

— Quand on était tous les deux bêtes et stupides. Genre bêtes et à Vegas, il y a onze ans.

Cela fit éclater de rire tout le monde à la table. Merk roula simplement les yeux. Elle sourit.

— Hé, la Elvis Presley Wedding Chapel était sacrément cool cette nuit-là.

— Ouais, combien de margaritas a-t-il fallu pour que ça ait l'air cool ? la taquina Merk.

Sous le regard fasciné de tous ceux qui les entouraient, elle haussa les épaules et avoua :

— Je ne m'en souviens pas.

Cela poussa tout le monde à s'esclaffer.

Elle grimaça et dit :

— Mais quand j'avais des problèmes, je savais exactement qui appeler.

Elle dévisagea Merk et ajouta :

— Merci de m'avoir sauvé la vie aujourd'hui.

Pour mettre fin à la conversation, il n'y avait pas mieux. Un silence complet envahit la pièce.

— DE RIEN.

Merk dévisagea Katina de l'autre côté de la table. C'était un étrange saut dans le temps. Cette même honnêteté simple l'avait attiré et retenu la première fois qu'il l'avait rencontrée. Il se souvenait même de ce moment précis. Elle se trouvait devant une table à cartes à Vegas et s'était retournée vers lui en disant qu'elle ne savait même pas comment jouer. Il lui avait expliqué sur-le-champ. Bien sûr, avant la fin de la nuit, ils s'étaient appris beaucoup de choses l'un à l'autre.

— Tu es prête à tout nous raconter ?

Elle baissa les yeux sur sa tasse de café, n'osant pas lever le regard vers les autres.

— Je ne connais aucun d'entre vous. Si vous faites tous partie de cette société de sécurité privée, peut-être que vous pouvez vous débrouiller... mieux que moi évidemment. Mais c'est très dangereux. Je n'ai pas envie de mettre quelqu'un d'autre dans le collimateur.

Ice passa un bras sur l'épaule de Katina et serra cette dernière doucement contre elle.

— Je ne m'inquiéterais pas pour ça. On a accepté certaines des missions les plus dangereuses au monde.

Merk regarda Katina dévisager Ice, puis elle l'observa pour confirmation. Il fit un signe de tête.

— On est tous des ex-militaires, précisa-t-il. Levi a créé cette entreprise avec Ice, et on accomplit toujours la même chose qu'avant, mais en privé maintenant.

Katina se détendit lentement.

— J'ai vraiment eu raison de te contacter, n'est-ce pas ?

Il acquiesça.

— Bien que je sois curieux de savoir pourquoi tu l'as fait. On n'a pas parlé depuis plus de dix ans.

— Tu devais suivre un entraînement militaire spécial après Vegas. Tu y es allé ?

Il hocha la tête.

— J'y suis allé en effet.

— Et j'espérais que, dans ce cas, tu saurais peut-être ce que je devais faire.

— C'est là que j'ai rencontré beaucoup de ces gens. Mais maintenant, il est temps pour toi de cracher le morceau. Dans quel pétrin t'es-tu fourrée ?

Elle jeta un coup d'œil autour de la table et dit :

— Certaines choses sont un peu personnelles, alors soyez indulgents avec moi.

Elle considéra Merk, puis baissa rapidement son regard.

Il se pencha en avant et posa sa main sur la table. Elle tendit le bras et plaça la sienne dessus. Comme elle l'avait fait onze ans auparavant. Il s'émerveilla de voir à quel point cette main était petite et pourtant performante.

Elle prit une profonde inspiration.

— Quand je suis revenue de Vegas, l'encre n'était pas sèche sur mon certificat de mariage, elle l'était encore moins sur nos papiers de divorce, que nous avons dû attendre un an pour déposer, relata-t-elle en intercalant une note d'humour.

— J'ai dressé un bilan de ma vie. J'étais allée à Vegas pour fêter mon vingt et unième anniversaire et je n'avais pas vraiment aimé ce que j'avais fait alors que j'étais sous l'influence de l'alcool. Je n'étais pas une grande buveuse, mais bien sûr, avoir 21 ans, c'était quelque chose d'important. Quand je suis rentrée chez moi, j'ai terminé l'université et obtenu un diplôme d'associée en comptabilité. J'ai décidé que je voulais accomplir davantage, alors j'ai eu mon diplôme de comptabilité. Au début, j'ai travaillé pour plusieurs petites entreprises. Et puis finalement, il y a environ quatre ans, j'ai été engagée pour travailler pour Bristol and Partners Ltd, une société de gestion de biens immobiliers avec un bureau à Houston.

Elle jeta un coup d'œil autour de la table, se demandant si quelqu'un connaissait ce nom. Quelques personnes hochèrent la tête, et elle poursuivit :

— Au début, tout semblait simple et normal. Bien sûr, j'occupais un poste de comptable junior, et on avait plusieurs comptables seniors, car c'était une grande société, avec de nombreux sites dans tout le pays. Au cours de cette dernière année, j'ai gravi les échelons. Il y a environ quatre mois, l'une des comptables a pris un congé prolongé, et on m'a demandé de la remplacer temporairement jusqu'à ce qu'elle se remette sur pied.

Elle s'arrêta de parler. Merk lui caressa doucement les doigts et dit à voix basse :

— C'est bon. Raconte-nous le reste.

Elle haussa les épaules.

— Eh bien, une fois que je l'ai remplacée, tout a dégringolé.

Chapitre 5

ELLE NE DEVRAIT vraiment pas leur en révéler plus. Elle regarda autour d'elle tous les hommes à l'allure dure et même Ice, froide comme la pierre – bien nommée – à ses côtés. Elle n'avait aucune idée de qui ils étaient tous, même si des présentations rapides avaient été faites. Prendre la mauvaise décision ici pourrait conduire à la mort de quelqu'un. Merk lui serra les doigts de cette manière indomptable et prononça :

— Continue.

— Eh bien, j'imagine que vous pouvez deviner le reste, souffla-t-elle. J'ai trouvé quelques divergences, si je puis dire.

Elle agita dédaigneusement sa main libre dans l'air et ajouta :

— Rien de majeur, mais juste un peu plus que ce que j'étais en mesure de supporter, et je ne savais pas comment le gérer. J'ai gardé l'information en mémoire pendant un certain temps, puis j'ai décidé de vérifier si la comptable d'origine n'avait pas commis une simple erreur de calcul, car cela peut arriver, surtout lorsqu'il s'agit de grosses sommes d'argent. Quand je suis revenue sur mes pas, j'ai trouvé d'autres anomalies.

— De grosses sommes d'argent ? demanda Ice.

— Oui. Des dizaines de millions de dollars.

Ils opinèrent tous du chef comme s'ils s'y attendaient.

Katina poursuivit :

— Si j'avais suivi la ligne de conduite de l'entreprise, peut-être que rien ne serait arrivé. J'étais censée aller voir mon patron et lui dévoiler ce que j'avais trouvé. Le laisser s'en occuper.

Elle s'interrompit encore.

— Mais tu ne l'as pas fait ? l'interrogea Merk.

Elle secoua la tête.

— Non, et ce que j'ai fait était probablement pire. J'ai des copies de tout ce que j'ai vu.

Ils se redressèrent tous.

Elle grimaça.

— J'avais peur qu'on me reproche cette mauvaise répartition. Il aurait été si facile de me faire porter le chapeau pour une partie de tout cela, après avoir effectué le travail de la femme pendant des mois.

Elle branla du chef, sachant que certaines de ces actions relevaient définitivement du carcéral. C'était peut-être de la criminalité en col blanc, mais il y avait beaucoup d'argent en jeu.

— Je ne voulais pas prendre la responsabilité de tout ça.

— C'est compréhensible, concéda Merk. Mais sérieusement, si tu as cette information, il est très important que tu la remettes aux autorités.

— Je le sais.

Elle baissa les yeux sur son café et se demanda s'ils la croyaient, si elle devait leur révéler le reste. Mais si elle s'abstenait, comment expliquer qu'elle ne l'ait pas raconté à la police lorsqu'elle était au commissariat aujourd'hui ?

— Dis-nous le reste, l'intima fermement Merk. On n'est pas en mesure d'aider si on ne sait pas tout. Tu ne peux pas garder une telle chose pour toi. Ça te ronge de l'intérieur.

Elle releva la tête et laissa son regard glisser autour du groupe. Il s'arrêta sur une nouvelle arrivée dans l'embrasure de la porte. Cette femme n'avait pas du tout le même regard que Ice. Une deuxième la rejoignit. Elle avait l'air aussi dure qu'une boule de coton.

Katina fronça les sourcils et inclina la tête vers le seuil de la porte. Merk se retourna et lança :

— Sienna, Lissa, venez nous rejoindre.

Lissa rétorqua :

— On ne veut pas vous déranger. Ça a l'air personnel.

Stone, le plus grand homme de la pièce – et cela en disait long – se leva et tendit la main vers elle. Elle s'approcha, la saisit, et il la fit asseoir à la table à côté de lui.

— C'est un mélange d'affaires et de personnel, répondit-il en souriant. L'ex-femme de Merk est venue lui demander de l'aide.

Lissa pivota et haleta.

— Ça te fait rire ? Elle a des problèmes. Tu dois lui prêter main-forte.

Comme s'il avait obtenu d'elle la réaction qu'il voulait, Stone se tourna vers le groupe en drapant son énorme bras autour de ses épaules.

— C'est de cela qu'il s'agit, de savoir si on peut faire quelque chose. Pour décider sagement, on a besoin de la suite de l'histoire. Alors, asseyez-vous tranquillement. Écoutons.

Son attention se porta sur Karina.

— La parole est de nouveau à toi.

Katina baissa son regard sur la table, cachant à peine son inquiétude. Elle ne pouvait vraiment pas agir autrement qu'en sollicitant de l'aide. Elle devait en parler à quelqu'un. Merde, elle ignorait pourquoi elle avait confiance en ces gens, mais ils semblaient capables de gérer n'importe quoi.

Elle leva les yeux pour trouver Merk qui l'étudiait attentivement.

— J'ai trouvé un carnet dans les tiroirs de la comptable. Comme un livre de code. Je n'ai pas tout compris, enfin rien en fait, car ce n'étaient pas des procédures comptables standards, dit-elle. J'ai vu une liste de noms – ou des formes courtes de ceux-ci –, et à côté de deux d'entre eux était écrit le mot « flic ». Je suppose donc que des policiers sont impliqués dans cette affaire, mais je ne sais pas qui ni à quel niveau ils sont. On peut supposer que ceux en bas de l'échelle n'ont pas assez d'argent pour être concernés.

Elle leva le bras et se pinça l'arête du nez.

— Mais c'est mon jugement personnel. Beaucoup de gens ont de l'argent dont on ne connaît pas l'existence. Ce n'est pas parce qu'ils n'ont pas un emploi bien rémunéré qu'ils n'ont pas de gros portefeuilles.

— Tu te souviens des noms ?

— Ils n'étaient pas complets, uniquement des formes courtes. Comme… TMET14-cop.

Elle jeta un coup d'œil autour d'elle pour voir si ça avait un sens pour quelqu'un, mais des visages vides la fixaient.

— Comme je l'ai dit, je ne sais pas ce que cela signifie, ou si son utilisation du mot « flic » désigne quelque chose d'entièrement différent, comme une sorte d'acronyme.

— Bonne raison de s'inquiéter des autorités concernées, exprima Levi.

— Suis-je simplement paranoïaque ?

Son regard fit le tour de la pièce, espérant que quelqu'un ait une réponse.

Ice renâcla.

— Tu as été enlevée dans un parking. Ils t'ont attachée, jetée à l'arrière d'une camionnette, et les kidnappeurs se sont lancés dans une course-poursuite pour échapper à Merk et aux flics. Et tu prends ça à la légère ou tu prétends que c'est seulement ton imagination ?

Dit comme ça, ça la rendait stupide.

— Ce n'est qu'après avoir reçu les appels et les e-mails que j'ai commencé à m'inquiéter.

— Oh ! Quels e-mails ? Quels appels téléphoniques ? demanda Merk. Revenons à l'endroit où tu as trouvé ces informations. Qu'as-tu fait exactement, et que s'est-il passé à partir de ce moment-là ? Et c'était il y a combien de temps ?

— Il y a quelques mois, j'ai trouvé la première saisie qui n'avait aucun sens. J'ai été consciente d'être sur quelque chose de sérieusement tordu le mois dernier cependant.

Elle fixa Merk, reprenant des forces grâce au soutien de son regard.

— Je n'ai rien entrepris pendant un long moment parce que je n'avais jamais été dans cette situation auparavant et que je ne savais pas quoi faire. Mais ensuite, j'ai entendu des rumeurs selon lesquelles la comptable était de retour depuis qu'elle s'était remise d'un accident de voiture. C'est alors que j'ai su que je devais agir, car je n'aurais plus accès à aucune de ces informations. Un jour, je me suis plainte au travail d'avoir eu une semaine mouvementée – exprès pour me donner une excuse pour rester tard au bureau, précisa-t-elle en soupirant. Au lieu de cela, j'ai copié et sauvegardé autant de renseignements que possible sur une clé USB sans déclencher d'alarme.

— Et tu n'en as parlé à personne ? la questionna Levi.

Elle secoua la tête.

— Non, encore une fois, je ne savais pas à qui le dire. J'avais peur de m'adresser à la mauvaise personne. Ou bien, si je faisais une révélation complète, cette énorme enquête interne n'aboutirait à rien, mais on m'accuserait. Ou peut-être que ma société ferait faillite, et qu'ils s'en prendraient à moi.

Elle se pencha légèrement en avant et observa leurs visages.

— À aucun moment je n'ai pensé que j'étais en danger sérieux parce que, honnêtement, je n'imaginais pas que quelqu'un était au courant de ce que j'avais trouvé.

Merk déclara :

— Mais quelqu'un l'était manifestement.

Elle haussa les épaules.

— Je suppose, mais j'ignore comment.

Elle joignit ses mains et continua l'histoire.

— La comptable est revenue, et j'ai repris mon poste normal. Mais j'avais toutes ces informations, et j'ai conservé son identifiant pour pouvoir y retourner en cas de besoin. Mais j'étais presque sûre qu'elle le changerait dès son retour.

Puis Katina s'arrêta. L'attente flottait dans l'air autour d'elle.

— Je voulais voir si elle avait supprimé les données, car si c'était le cas, je n'étais plus certaine de ce que j'avais. En réalité, je n'avais pas envie de me reconnecter du tout parce que je n'avais rien à y faire.

Elle se tut.

— Mais tu l'as quand même fait, la railla Merk avec humour. Tu ne t'es pas rendu compte que ça allait probablement déclencher l'intérêt de quelqu'un ? C'était une chose quand tu étais à son bureau – même si ce genre d'activité hors programme n'aurait pas dû être autorisé non plus –, mais si tu t'étais connectée après le retour de la comptable, et qu'elle avait changé son identifiant, ils auraient su que quelqu'un d'autre accédait aux informations.

— J'en suis consciente. Je n'ai pas recommencé, le rassura-t-elle. La seule raison pour laquelle j'ai réussi à consulter ces fichiers est qu'elle les gardait sur le réseau de l'entreprise, et non sur son ordinateur privé. J'ai accès au réseau pour effectuer mon propre travail et donc, en regardant dans ses documents, j'ai trouvé l'identifiant pour ses fichiers protégés. Quand j'ai compris ce qui se passait, j'ai cherché plus loin et... j'ai trouvé.

Tout le monde s'adossa et la considéra fixement. Elle haussa les épaules.

— Cependant, par la suite, j'ai eu l'impression d'être soudainement sous l'œil vigilant de quelqu'un. On m'appelait un peu plus souvent au siège social. Quand je me levais et que je prenais des pauses café, j'avais l'impression que des gens m'observaient. Quand j'allais à la cantine, il y avait presque toujours quelqu'un, soudainement assis avec moi – alors qu'auparavant j'étais seule. Avant, personne ne s'était jamais soucié de qui j'étais, d'où je venais, ou de ce que je faisais.

Elle grimaça.

— Pendant longtemps, j'ai cru que c'était le fruit de mon imagination.

— Y a-t-il une chance, à cause de ta nouvelle position, que les autres aient voulu se rapprocher de toi ? demanda Lissa avec curiosité. Plus on monte dans la chaîne alimentaire, plus les autres souhaitent se frotter à nous.

— Oh, c'est une idée intéressante ! lâcha Sienna.

Katina observa les deux femmes et réalisa à quel point leur état d'esprit était différent de celui des hommes. Ces deux-là n'étaient pas des militaires et étaient plus... normales.

— Je n'avais jamais envisagé cela, admit Katina. C'est

une possibilité. Les gens étaient certainement plus amicaux après que j'ai pris le poste de comptable principale. Mais comme ce n'est pas quelque chose que je ferais, je n'ai jamais pensé que quelqu'un d'autre en était capable.

— Est-ce qu'une personne au travail t'a déjà menacée ou t'a incitée à te croire en danger ? l'interrogea Merk.

Elle secoua la tête.

— Non. Je pensais que je m'en sortirais.

Le coin de ses lèvres s'inclina vers le bas.

— Bien sûr, j'avais tort. Les gens qui s'adonnent à la corruption et à la fraude ont évidemment des protections en place. Mais plus tout allait bien, plus je me sentais à l'aise.

— Jusqu'à ce que... dit Merk.

— Jusqu'à ce que je reçoive un jour un étrange e-mail, dont l'objet demandait simplement « Où est-elle ? ». Il ne contenait pas de message et avait été envoyé depuis un site de réseau social générique. Je ne savais pas de qui il provenait. Aucun nom n'était attaché, uniquement une série de chiffres.

Elle écarta ses mains, paumes vers le haut.

— Je n'ai aucune idée de la signification de l'e-mail. Je n'ai rien pris. Non...

Elle changea sa formulation.

— J'ai copié des informations, mais je n'en ai pas enlevé.

— Alors, peut-être qu'ils voulaient la clé USB sur laquelle tu as téléchargé les données.

Katina étudia l'homme qui avait parlé pour la première fois. Il n'était pas aussi grand que les autres, et il avait des cheveux et des sourcils foncés, mais une peau d'un blanc pur. Il avait l'air d'être aussi savant et bien renseigné que les autres. Son nom devait être Harrison.

— Peut-être. Mais comment sauraient-ils que j'ai mis les infos dessus ?

— Peut-être des caméras cachées. Mais je dirais plutôt des enregistreurs de frappe.

Elle haussa les épaules et ajouta :

— Honnêtement, s'ils ont un service informatique décent, ils devraient être capables de trouver ce que tu as fait, quand et sur quel ordinateur en quelques minutes. S'ils n'y parviennent pas, ils ne méritent pas leur salaire.

Katina était sûre que son expression indiquait à tout le monde dans cette pièce à quel point elle ne comprenait pas grand-chose à ce que Ice venait de dire. Heureusement, elle continua pour que l'attention ne se porte plus sur l'air ahuri de Katina.

— Je suppose que la comptabilité professionnelle a des contrôles et des équilibres inhérents à son système pour trouver les erreurs humaines de base.

— C'est tout à fait vrai, confirma Katina.

— Cependant, poursuivit Ice, si tu ajoutes un PDG féru de technologie, peut-être un patron qui a déjà eu affaire à des employés malhonnêtes, alors une troisième couche de protection pourrait être sur la table.

Katina secoua la tête.

— Pas mon patron. Pas Robert. C'est plus un vendeur. Il aime interagir avec ses employés, avec les gens en général.

Ice leva un doigt, sa bouche formant une ligne sombre.

— Peut-être, mais si les méchants sont des comptables de bas niveau, qui essaient de faire passer des choses en douce dans le dos de Robert, ça risque de devenir très compliqué.

Comme tout le monde se contentait de regarder Ice, elle secoua la tête et ajouta :

— J'écoute quand Bullard parle.

Elle se tourna vers Katina pour expliquer.

— L'expertise de Bullard est dans le matériel et les logiciels de sécurité.

Katina opina du chef pour la remercier.

— De plus, ajouta Levi. Tout le monde sait qu'il est impossible d'envoyer des informations par e-mail sans laisser d'indices. Même à travers le réseau vers un autre endroit, il aurait été possible de les tracer. Et la méthode la plus facile et la plus disponible pour le transfert de données serait une clé USB dans des circonstances normales.

Elle dévisagea Levi et grimaça.

— C'est possible. Mais pourquoi n'ont-ils rien dit quand c'est arrivé la première fois ou même quand j'ai donné mon préavis ?

— Peut-être que ça n'a été révélé qu'une fois la chef comptable revenue, et que ce n'est qu'une semaine ou deux après ton départ qu'elle a réalisé la possibilité, même infime, que tu aies mis ça au jour, parce qu'elle avait laissé cette information accessible. Elle a peut-être pensé qu'elle aurait des ennuis. Songe à la quantité de choses que tu as à rattraper lorsque tu reviens au travail ou que tu en commences un nouveau. Et elle n'a peut-être pas envisagé que tu trouverais ses fichiers privés.

Harrison reprit la parole :

— Mais il aurait été assez facile pour elle de déterminer la dernière fois qu'ils ont été consultés, et elle se serait rendu compte de ce qui s'était passé pendant que tu étais à son poste. Pendant un moment, tout le monde aurait même pu considérer que tu ne savais pas ce que tu avais réellement découvert.

— Dans leur esprit, tu es une comptable junior et tu n'étais probablement pas en mesure de comprendre le matériel devant toi, surenchérit Levi. Mais à ce moment-là, c'est devenu un souci. Quelque chose qu'ils ne pouvaient pas laisser passer. Et ils t'ont suivie pour voir ce que tu faisais de l'information.

— À partir du moment où la comptable est revenue, combien de temps avant que tu aies l'impression d'être surveillée ? demanda Merk.

Elle jeta un coup d'œil dans sa direction.

— Je ne peux pas être sûre exactement, mais peut-être une ou deux semaines.

Elle pinça les lèvres et y réfléchit un peu plus.

— Le truc, c'est que, comme l'a dit Levi, j'étais aussi très débordée parce que j'avais repris mon poste qui n'était plus dans le même état que celui dans lequel je l'avais laissé, et j'avais beaucoup de travail à rattraper, donc je ne suis pas certaine de l'avoir remarqué tout de suite. Peut-être qu'ils se sont intéressés à moi assez rapidement.

— Ça n'a pas vraiment d'importance cependant, éluda Levi. Le fait est que nous devons supposer qu'ils savent que tu as une copie de cette information.

— Et tu as précisé qu'il y avait eu des appels téléphoniques et d'autres e-mails.

Elle acquiesça rapidement.

— Presque le même e-mail est arrivé à plusieurs reprises par la suite. Les numéros en haut étaient différents quant à leur provenance, mais ils m'étaient toujours adressés au travail et avaient le même objet, rien d'autre. Et puis ils sont arrivés à mon adresse personnelle.

Elle jeta de nouveau un coup d'œil à Merk.

— C'est là que j'ai vraiment paniqué.

— Bien sûr, mais ça n'aurait pas été difficile de la connaître, surtout s'ils ont déjà accédé à ta messagerie professionnelle et très probablement à cet ordinateur, car la plupart des gens consultent leur messagerie personnelle au travail.

Elle considéra cela et grimaça une fois de plus.

— Oui, c'est mon cas. Pas souvent, mais de temps en temps. Je fais très attention à mes affaires. Je n'ai jamais été aussi méfiante.

— Dès que tu as ouvert ce programme et que tu t'es connectée, ils ont eu ton adresse et tes contacts, dit l'homme aux cheveux noirs. Après ça, c'était assez simple d'obtenir tout ce qu'ils voulaient.

— Mais comment ont-ils su que je devais rencontrer Merk au pub ? Oh, mon Dieu, mon téléphone !

Elle se leva immédiatement et fouilla dans ses poches pour le trouver.

— Merk, tu as vu mon portable ?

— Je l'ai pris avant de venir ici au cas où ils nous suivraient avec. Tu dormais donc je ne t'ai pas réveillée pour te le demander. Aucun signal ne peut s'échapper de cette boîte.

Il fit un signe de tête vers un coffre métallique au bout de la table.

Elle fronça les sourcils et fixa ce dernier.

— Comment as-tu su faire ça ?

— Facile. Placer des traceurs GPS est ce que chacun d'entre nous aurait effectué si nos situations avaient été inversées. Certains téléphones sont déjà équipés, mais dans la plupart des cas, on en ajoute un pour être sûrs. On met le portable sur écoute pour pouvoir entendre les conversations et généralement suivre la personne. Je vais te donner un téléphone prépayé avec un nouveau numéro. Personne ne sera en mesure de te suivre.

Il lui sourit.

— C'est normal, c'est notre travail.

Elle le regarda fixement, choquée.

— Tu es en sécurité ici, la rassura Ice en s'approchant et en tapotant sa main. Même si tu as été suivie jusqu'à ce complexe, nous avons un appareil de perturbation qui envoie un signal de brouillage. Cela empêche tout ce qui se trouve à l'intérieur d'être repéré.

Il y eut un moment de silence.

Katina observa la boîte, réalisant que la petite lumière rouge sur son côté était maintenant éteinte.

Merk se leva, fit le tour, ouvrit le coffre et en sortit le téléphone.

— Rhodes, tu as tes outils avec toi pour ouvrir ça ?

L'homme appelé Rhodes se leva et s'approcha à son tour en sortant une petite trousse à outils de sa poche. Les deux gars se penchèrent sur le portable et commencèrent à le démonter.

Elle n'avait jamais vu l'intérieur de son téléphone et ne parvenait pas vraiment à l'apercevoir d'où elle était, mais Merk s'approcha avec une pince à épiler et retira un petit morceau de métal. Il le montra aux autres pour qu'ils le voient.

— Je l'ai.

— C'est un traceur ?

— Eh bien, c'en était un. Maintenant, c'est simplement un morceau de technologie mort.

Il le déposa dans la boîte en métal et reconstitua le téléphone. Il l'alluma et le tint devant elle pour qu'elle puisse vérifier qu'il fonctionnait. Elle n'arrivait pas à comprendre comment quelqu'un avait réussi à mettre ça dans son portable. Elle s'était demandé si elle avait été suivie jusqu'au parking par les types qui l'avaient kidnappée, mais elle considérait toujours qu'il était impossible que quelqu'un ait pu accéder à son téléphone et faire ça.

— Il aurait été facile d'attendre un moment où tu avais le dos tourné, ne serait-ce qu'un court passage aux toilettes, pour installer ça, indiqua Ice en réponse à sa question non formulée.

— Je suppose qu'on ne sait jamais vraiment à qui on a affaire et ce qui se passe autour de soi, n'est-ce pas ? demanda Katina. Alors, ça signifie que ma voiture a aussi des mouchards ?

Rhodes rit.

— Nous avons des détecteurs qui nous permettent de déterminer s'il y en a à proximité. Mais si ça avait été moi, j'en aurais mis un.

Il donna une tape sur l'épaule de Merk et sortit.

Elle tourna son regard vers celui-ci et dit :

— Il va vérifier ?

Merk hocha la tête.

— Il aura une réponse pour toi assez tôt.

— Mais je ne voulais pas t'apporter le danger ici, gémit-elle. Je ne voulais pas que quelqu'un d'autre soit impliqué. Tu te rends compte à quel point c'est dangereux ? Pourquoi est-ce que vous ne me laissez pas prendre ma voiture et m'en aller ?

Il se retourna et la considéra fixement. Au lieu du sourire chaleureux et amical qu'elle avait aperçu plus tôt, son regard dur et plat était profondément ancré dans le sien, comme s'il voyait à travers l'obscurité des dernières semaines, dans son cœur.

— Tu penses vraiment que je te laisserais partir après ce qui t'est arrivé ? Je savais qu'il y avait de fortes chances que tu sois traquée. J'ai traversé beaucoup de choses aujourd'hui pour sauver tes fesses. Il est hors de question que je laisse quoi que ce soit t'arriver maintenant.

— Ça signifie qu'ils peuvent nous suivre ici. Et ça signifie que les gens savent où je suis.

— Bien. Laisse-les venir.

Comme s'il était trop énervé pour se faire confiance, il pivota et quitta la pièce en trombe.

Elle le suivit des yeux, comprenant ce qu'il ressentait. Elle n'avait nulle part où aller. Un silence inconfortable s'installa dans la pièce. Alors qu'ils l'étudiaient, elle se tourna vers eux et leur dit doucement :

— Je suis vraiment désolée pour les problèmes que j'ai amenés sur le pas de votre porte. Ce n'était pas mon intention.

Elle tourna de nouveau son regard vers le seuil de la porte et ajouta :

— J'ai expliqué à Merk que je souhaitais être seule pour pouvoir m'enfuir, mais il n'a pas voulu écouter.

— Bien, surenchérit Ice. Ce n'est pas comme ça qu'on fonctionne.

Mais Katina ne savait pas comment ils faisaient les choses ici.

Merk se dirigea vers la voiture de Katina où il observa Rhodes qui la passait en revue.

— Tu vois quelque chose ?

— J'en ai trouvé un, mais le compteur indique qu'il y en a deux.

— Je vais vérifier sous le capot, annonça Merk.

Mais avant qu'il n'y arrive, Rhodes déclara :

— J'ai enlevé celui-là.

Il se pencha et attrapa le petit objet sous le marchepied, derrière la roue arrière. Il le tint en l'air, puis tourna le petit détecteur dans sa main vers l'avant de la voiture.

Ensemble, ils scrutèrent le moteur, suivant le signal du

froid au chaud, et le trouvèrent juste sous le radiateur.

— Celui-là était mieux caché. On aurait pu facilement le manquer.

Ils passèrent de nouveau le détecteur autour du véhicule pour confirmer qu'il n'y avait rien d'autre ici, puis ils l'éteignirent. Ramenant les traceurs à l'atelier, ils les ajoutèrent à la boîte.

Merk pivota pour regarder la voiture. Le capot et le coffre étaient encore ouverts. Il s'approcha et réalisa que ses sacs étaient à l'intérieur. Beaucoup de sacs, comme si elle avait fait ses bagages pour un long voyage. En réalité, il était sacrément sûr qu'elle avait prévu de s'enfuir. Alors, pourquoi l'avait-elle appelé ? Peut-être que c'était la meilleure question qu'il devait lui poser. Le reste pouvait attendre. Mais si elle était déjà en train de se sauver, pourquoi prendre la peine de le lui faire savoir ?

Il retourna en trombe dans la cuisine et se tint dans l'embrasure de la porte. Tout le monde parlait, mais plutôt de sujets généraux, comme le temps et le type de biscuits qu'ils avaient dans les mains. Il fronça les sourcils quand il les vit. Vous pouviez avoir confiance en Alfred pour apporter des friandises pour tout le monde. Merk avait envie de cookies depuis des jours, et Alfred avait simplement souri de sa manière bienveillante.

Merk en prit un et dit :

— Première question, et c'est peut-être la plus importante de toutes. Si tu étais prête à t'enfuir, et je peux déduire de tous les sacs à l'arrière de ta voiture que tu n'avais pas l'intention de revenir, pourquoi prendre la peine de me contacter ?

Elle le fixa du regard, et il se sentit comme un connard quand sa lèvre intérieure commença à trembler.

— J'avais peur.

Elle s'arrêta pour reprendre son souffle. Il pouvait entendre le tremblement dans sa voix.

— Je craignais qu'ils me tuent, et que personne ne le sache.

— Merde !

C'était une sacrée déclaration, et ça en disait long sur l'état de solitude de sa vie si elle lui téléphonait uniquement pour ça.

— Je n'ai pas beaucoup d'amis, seulement un ou deux, et pas beaucoup de famille. Mes parents ont divorcé, se sont remariés et ont redivorcé.

Elle grimaça.

— Je n'ai aucune relation avec eux. Et, aussi ténu que puisse être le lien, tu es mon ex-mari. Je ne savais pas qui appeler d'autre et j'avais… j'ai toujours peur d'attirer les ennuis sur le pas de la porte de quelqu'un.

— Donc on aurait déjeuné, et tu m'aurais raconté que des méchants en avaient après toi, puis tu aurais dit « S'ils me tuent, tu sauras pourquoi je suis morte » ? demanda-t-il, incrédule. Tu trouves que ça a du sens ?

Elle haussa les épaules.

— Je ne prétends pas avoir du bon sens ces derniers temps, gémit-elle. J'ai réagi, sans réfléchir, en essayant de rester en vie et de devancer ces types. J'avais besoin d'aide. J'ignorais vers qui me tourner. J'ai réalisé que je n'avais aucune raison de croire que tu pouvais vraiment m'aider, mais je me suis dit que si je te contactais une dernière fois, au moins tu serais au courant, car si tu ne me revoyais plus, il y avait des chances que je sois partie.

— Et comment serais-je censé savoir si je ne te revois jamais, alors que je ne t'ai pas vue depuis onze ans ? lança-t-il.

Il passa ses mains dans ses cheveux, se demandant pourquoi elle avait fait ça, puis il s'arrêta. Il se rapprocha, le regard posé sur elle.

— Tu l'as sur toi, n'est-ce pas ? Tu avais l'intention de me la donner.

Il se tenait au-dessus d'elle et il détestait qu'elle se recroqueville devant lui. Il avait conscience qu'il avait raison. Maintenant, au lieu de vouloir savoir pourquoi elle l'avait appelé, il avait désespérément besoin de découvrir pourquoi elle ne lui avait pas remis ce qu'elle avait.

Merk approcha son visage du sien et dit, d'une voix aussi douce qu'il le pouvait :

— Alors, pourquoi tu ne l'as pas fait ?

Ses lèvres tremblaient, et ses yeux étaient brillants de larmes, mais elle restait forte.

— Parce que celui qui l'a est en danger, et je ne t'infligerai pas ça.

Il leva les mains en signe de frustration et la regarda fixement.

— Tu es tout aussi frustrante aujourd'hui que tu l'étais il y a des années.

— Et tu es tout aussi dominateur, arrogant et énergique aujourd'hui que tu l'étais alors, lui cria-t-elle.

Il la dévisagea et sourit.

— On était bien ensemble, n'est-ce pas ?

— Oh, oui, si bien, que ça n'a duré qu'une nuit !

Elle brandit les deux mains, s'attrapa les cheveux, et lança :

— Je ne sais pas à quoi je pensais. Je n'aurais jamais dû te contacter. On ne s'apprécie même pas.

— Oh, je t'aime bien ! contesta Merk en souriant. J'aime

particulièrement le nouveau modèle, mais ça n'a rien à voir. Tu es venue me voir parce que tu avais conscience que je t'aiderais. Et maintenant, pour une raison stupide, tu as peur que je sois blessé si je le fais.

— Et c'est parce que je t'aime bien aussi, admit-elle. Et je préfère aussi le nouveau modèle.

Elle se leva pour lui faire face, mais, petite comme elle l'était, elle n'était pas en mesure de prendre de la hauteur sur lui. Elle posa donc sa bonne jambe sur le banc, monta l'autre lentement, et le fixa du regard. Les mains sur les hanches, elle dit :

— Je ne peux pas laisser quelqu'un que j'aime mourir à cause de ma stupidité.

Ignorant la présence très réelle des autres personnes dans la pièce, il s'approcha, la prit fermement dans ses bras et l'embrassa.

Fort.

Elle se dégagea et cria :

— Oh, non, tu ne peux pas ! C'est ce qui nous a valu des ennuis dès le départ !

Il rit.

— C'est ce qui nous a amenés au lit, corrigea-t-il. Mais ce qui nous a causé des problèmes conjugaux, c'est l'alcool.

— Tu as peut-être raison. Je n'ai pas bu de tequila depuis, avoua-t-elle avec un sourire. Ça a été un sacré choc de se réveiller le lendemain mariée.

— Idem, admit-il. Mais on a arrangé ça et on a mis ça derrière nous. Jusqu'à ce que je reçoive ce foutu coup de fil de ta part.

Elle grimaça.

— Je vais encore m'excuser. Je n'aurais jamais dû t'appeler.

Il glissa son doigt sous son menton et le souleva pour qu'elle lui fasse face.

— Si tu dis ça encore une fois...

Immédiatement, elle mit ses mains sur ses hanches une fois de plus et le regarda fixement.

— Qu'est-ce que tu vas faire ?

Leurs nez étant à quelques centimètres l'un de l'autre, il répondit à voix basse :

— La même chose qu'à l'époque.

Elle sursauta et recula immédiatement.

— Non, tu ne feras pas ça.

Elle secoua la tête rapidement.

— Plus de manigances de ta part.

Elle lui tourna le dos, descendit du banc et s'assit de nouveau.

Il gloussa et réalisa à quel point les autres venaient d'apprécier le spectacle.

— Ne vous habituez pas à ça, lança-t-il à son équipe. On ne va pas vous divertir éternellement.

Sienna gloussa.

— Ce n'est pas grave. Il semble qu'il y ait énormément de choses entre vous deux que vous devriez régler. Ensuite, vous pourrez aller de l'avant dans votre relation, comme vous êtes censés le faire.

Instantanément, Katina branla du chef une fois de plus.

— Ce n'est pas une relation. Nous n'en avons pas, contesta-t-elle avec un peu trop d'insistance. Nous n'en aurons pas.

Merk la dévisagea fixement et s'interrogea. Tout ce qui l'avait attiré chez elle il y a longtemps était toujours là. Elle était fougueuse, ardente et mignonne. Et bien sûr, maintenant qu'elle avait des problèmes, il était d'autant plus attiré par son instinct de protection. Peut-être, seulement peut-être, qu'ils devraient reconsidérer leur relation.

Ce n'était pas comme s'il y avait des obstacles à cela. Ils avaient toute la vie devant eux. Il rangea ce détail au fond de son cerveau et sourit à Sienna.

— Il est temps que tu regardes un peu plus près de chez toi en matière de relations, suggéra-t-il.

Elle l'observa d'un air absent et, confuse, le questionna :

— De quoi tu parles ? Je n'ai pas de liaison en ce moment.

Son sourire s'élargit, et il dit :

— Pas encore.

C'est alors que Rhodes entra et demanda :

— Tu viens pour prendre ces sacs, Merk, ou pas ?

Il se tenait dans l'embrasure de la porte, exaspéré.

— J'attendais que tu reviennes, pas que tu restes là à jouer avec ta copine.

Merk observa Sienna alors que ses yeux se dirigeaient vers Rhodes, et il vit le changement subtil. L'intérêt, l'adoucissement de ses traits, les lèvres inclinées, et puis un sourire. Quand son regard revint sur le sien, Merk accentua son rictus, et, avec un petit signe de tête presque imperceptible vers Rhodes, il déclara :

— Exactement.

Sienna fut confuse pendant un moment, puis elle comprit.

Un rouge ardent envahit sa peau pâle.

— Oh que non ! Pas question de me mettre ça sur le dos.

Elle se leva, prit sa tasse de café, et lança :

— Assez de ces conneries ou je diminuerai ton salaire.

Elle se retourna et quitta la pièce.

Rhodes s'approcha et dit :

— Merde, qu'est-ce que tu as fait pour la contrarier ?

— Rien. Je lui ai simplement montré son avenir.

Tout le monde dans la pièce gloussa.

Rhodes le considéra fixement, puis tout le monde, et demanda avec méfiance :

— Qu'est-ce que c'est, une blague interne ?

— Peut-être. Mais ne t'inquiète pas, avec le temps tu feras aussi partie de la blague.

Il passa un bras autour des épaules de son ami et ajouta :

— Viens. Allons chercher les sacs. Et on va mettre Katina dans une des chambres libres.

Derrière lui, il pouvait entendre Katina crier :

— Je ne reste pas…

— Si, tu restes.

Et il se dirigea vers sa voiture où ils récupérèrent cinq sacs.

Quand ils eurent tout, ils vérifièrent l'avant, y compris la boîte à gants, puis retournèrent dans la cuisine.

— Ice, une idée de l'endroit où on peut la mettre ?

— Nulle part, répondit Katina.

Mais Ice se leva avec ce mouvement élégant et lisse qui lui ressemblait et annonça :

— Une pièce a déjà été préparée pour elle.

Elle sourit à Katina.

— Viens par ici.

Chapitre 6

— MAIS QU'EST-CE que je fais ici ? se murmura Katina à elle-même alors qu'elle déambulait dans la petite chambre.

Elle n'était pas prisonnière. Elle n'avait pas été enfermée. Alors, pourquoi avait-elle l'impression de n'avoir d'autre choix que de rester ici ? Elle doutait que Merk lui impose une existence carcérale, mais ils avaient tous pris cette décision, qu'elle le veuille ou non. Et elle n'aimait pas ça.

Elle savait aussi que Merk était en colère contre elle. Avec de bonnes raisons. Elle se laissa tomber sur le lit, les bras au-dessus de sa tête.

Devait-elle la leur donner ? Elle leva le bras et se frotta le visage, voulant faire travailler son cerveau épuisé. Mais sa jambe lui faisait de nouveau mal, et ses pensées étaient plus qu'embrumées. Elle n'avait pas beaucoup dormi ces dernières semaines. Les dernières nuits avaient été vraiment mauvaises.

Après tout, elle avait planifié son évasion.

Et maintenant, tout s'était arrêté net. Comme si elle avait sauté, mais qu'au lieu de sauter d'une falaise, elle n'avait réussi à sauter qu'à mi-chemin de la falaise. Et maintenant, d'une manière ou d'une autre, cette dernière avait disparu. Elle était suspendue dans les airs.

Elle se souvenait qu'à Vegas, elle n'avait pas eu de doute avec Merk dans les parages. C'était une pile électrique, même à l'époque, et elle se laissait embarquer dans n'importe quel plan qu'il mettait au point. Ils étaient passés de la table de jeu au bar, du bar à la rue, en riant, en applaudissant et en pleurant, et ils s'étaient amusés comme des fous. Tout ce qu'il avait suggéré, elle l'avait exécuté. Elle n'avait pas été forcée, mais c'était si différent. C'était un aimant, et elle sentait cette attraction même maintenant. Elle était ravie d'être avec lui. Ce genre de pouvoir, ce genre de confiance en soi était sexy.

Elle était tombée instantanément amoureuse de cet homme. Ils avaient passé une nuit d'enfer. Mais à l'aube du jour suivant… disons à midi, quand ils s'étaient tous les deux réveillés et avaient réalisé ce qu'ils avaient fait, eh bien, elle s'était retirée et avait eu peur de se retrouver avec quelqu'un d'aussi puissant et dominant. Apparemment, elle n'avait pas de cervelle quand il s'agissait de lui. Elle était complètement soumise à ses caprices.

Regardez aujourd'hui. Merk n'avait eu aucun problème à lui faire faire ce qu'il voulait. Et elle ne souhaitait pas revivre ça. Elle avait appris sa leçon, elle l'espérait. Mais après ce jour, peut-être pas.

On frappa à la porte.

— Katina, c'est Merk. Laisse-moi entrer.

Elle émit un demi-grognement alors qu'elle était allongée. C'était tellement lui. Pas de demande, pas même une question. Il allait entrer, car il en avait envie. Ce genre de commandements à base de « tu feras ce que je dis ».

Le problème, c'était elle. Elle était déjà debout et marchait vers la porte, qu'elle ouvrit d'un coup sec.

— Comment fais-tu pour que j'obéisse à tout ce que tu me dis ?

Ses sourcils se levèrent de surprise à cet accueil, mais il répondit aimablement.

— Au moins, tu comprends quand il est impératif que tu fasses quelque chose. C'est important, au lieu de protester et de causer des problèmes pour le plaisir d'être difficile.

Il lui donna un léger coup de coude, et elle retourna dans sa chambre. Il la suivit instantanément et ferma la porte derrière eux. Il jeta un coup d'œil dans le petit espace et sourit.

— Ils ont effectué un sacré bon travail dans cet endroit. On a des chambres d'hôtes qui ne sont pas uniquement des petits trous dans les murs et des lits superposés collés sur le contreplaqué.

Elle se dirigea vers l'unique chaise et s'assit. Elle n'avait aucune idée de ce dont il parlait avec le contreplaqué et les chambres d'hôtes, mais elle supposa qu'il faisait simplement la conversation. Seulement, elle était fatiguée.

— Pourquoi tu es là ?

Il s'installa sur le côté du lit et la dévisagea.

— Où l'as-tu cachée ?

Immédiatement, elle croisa ses bras sur sa poitrine et s'affaissa plus profondément dans le fauteuil moelleux.

— Ce n'est pas prudent que tu l'aies.

Au lieu de discuter avec elle, il lui offrit un rictus doux de compréhension.

— Je suppose que tu m'aimes toujours alors, la taquina-t-il.

Elle lui lança un regard noir.

— Ne t'avise pas de réitérer ce truc mortel ! Je suis tombée sous ton charme une fois. Je ne vais pas recommencer.

Il gloussa. Elle se retrouva à sourire également.

— Le truc, c'est que tant que tu la caches, on ne peut pas agir contre les hommes qui te poursuivent, dit-il. Si tu nous la donnes, on sera en mesure d'en faire des copies pour les envoyer aux bonnes personnes.

Elle se mordit la lèvre inférieure et s'inquiéta du problème. Il avait raison. Si quelque chose lui arrivait, ces gens s'en sortiraient et personne ne serait tenu responsable de son meurtre. Même si elle détestait cela, elle ne voulait pas qu'ils s'en prennent à Merk ou aux autres et qu'ils fassent d'autres victimes à cause de sa bêtise.

Seulement, Merk ne lui laissait pas beaucoup de chances d'y penser. Il se pencha, saisit sa main et la tint entre les siennes. La chaleur de sa paume brûla sa peau légèrement froide. Merde, elle n'avait pas réalisé à quel point elle était fatiguée, ou stressée, jusqu'à ce qu'elle ressente le confort absolu de la chaleur de sa main et le simple fait de savoir que quelqu'un était là pour l'aider.

— Je n'ai pas dit merci de m'avoir sauvée. Je ne m'attendais pas à ce que tu apparaisses, admit-elle. Après être restée si longtemps dans le parking, j'ai cru que tu m'avais posé un lapin. Et après qu'ils m'ont jetée à l'arrière de la camionnette, tout ce à quoi je pensais, c'est que c'était peut-être toi dans le parking, et que tu avais éventuellement vu ce qui s'était passé, et que peut-être, seulement peut-être, tu saurais comment m'aider.

Elle secoua la tête.

— Il ne m'est jamais venu à l'esprit que tu serais capable non seulement de contacter ceux qui devaient l'être, mais aussi de te lancer dans une course folle et de me retrouver pour finalement me sauver.

Elle lui sourit.

— Je suppose que toute cette formation militaire t'a fait du bien.

— Tu m'as remercié de t'avoir sauvé la vie, lui rappela-t-il. Mais tu ne peux pas me distraire de la conversation principale.

Elle le regarda fixement.

— Je ne sais pas ce que je veux faire.

Il acquiesça.

— C'est compréhensible. Tu as peur. Tu ne sais pas en qui avoir confiance, et tu n'as pas envie de prendre la mauvaise décision.

— Exactement. Si je prends la mauvaise décision, les conséquences seront énormes.

— Et si tu prends la bonne décision, les conséquences seront aussi énormes.

Ils se dévisagèrent l'un l'autre à travers la courte distance, ses mains, ses deux mains maintenant, entourées par les siennes, beaucoup plus grandes. Elle les observa et dit :

— Tant que tu promets de remettre tout ça aux autorités compétentes et de les laisser s'en occuper.

— Je le promets. Tu réalises que ça ne te sauvera pas forcément, n'est-ce pas ?

Elle hocha la tête.

— À moins qu'ils ne sachent que tu as déjà tout remis… Alors, les carottes sont cuites. Les hommes vont simplement quitter le pays d'eux-mêmes.

Il rit.

— D'après notre expérience, les méchants pensent généralement que tout tourne en leur faveur, donc ils continuent. Et ils finissent par accomplir les choses de manière très stupide.

Elle soupira lourdement.

— J'espérais qu'ils seraient du genre à s'enfuir.

— Et ils pourraient dépendre des liens qu'ils ont dans d'autres pays, s'il s'agit de blanchiment d'argent et de fraude fiscale. Qui sait ? Mais ils ont franchi la ligne quand ils t'ont kidnappée, alors que se passe-t-il d'autre ? Parce que, si cela implique quelque chose de plus sérieux, ils n'hésiteront pas à s'en prendre de nouveau à toi.

— Alors on doit partir, gémit-elle. Et maintenant.

— On s'en ira dans la matinée. Tu as besoin de te reposer et de guérir, de te calmer et de respirer.

Elle leva les yeux vers lui et détesta le fait que ses yeux piquaient des larmes pas encore versées.

— J'ai l'impression d'avoir fui pendant si longtemps, chuchota-t-elle. Une fois que ce premier e-mail est arrivé, j'ai commencé à vivre dans un cauchemar sans fin.

Elle émit un rire brisé.

— Non, en réalité, c'est lorsque j'ai découvert ces écarts comptables. Je me suis sentie piégée, comme si je n'avais pas d'autre choix.

Il la tira dans ses bras et la serra contre sa poitrine, lui faisant enfin prendre conscience des frissons qui lui parcouraient l'organisme. Ses grands bras étaient solidement enroulés autour d'elle, comme s'il était capable d'insuffler la chaleur et le calme de son propre corps physique au sien.

Comme si cela allait arriver. La seule chose qui s'était produite lorsqu'ils avaient été aussi proches l'un de l'autre était une brûlure des draps. Mais vu qu'elle avait froid, ce n'était peut-être pas une si mauvaise idée. Elle sourit presque, puis se souvint des circonstances qui les avaient réunis de nouveau. Elle se retira.

— Je te parlerai demain matin. Je devrais pouvoir la récupérer sans problème.

Il acquiesça.

Elle pouvait entendre les questions non posées dans l'air, mais elle refusait d'y céder. Elle ne voulait pas lui dire où elle se trouvait pour l'instant.

— On doit déterminer où copier et disperser les duplica-
ta.

Elle se pencha en arrière pour parvenir à regarder son
visage.

— Avant d'aller la chercher, il nous faut une liste des
personnes à qui ils sont destinés. Plus un ordinateur portable
et une imprimante, car je ne veux pas seulement des copies
électroniques. On a besoin de copies physiques.

Elle fronça les sourcils, réfléchissant aussi fort que son
cerveau endolori le lui permettait.

— Et un endroit sûr pour le faire, sans que personne
n'espionne par-dessus nos épaules.

Elle se tut. Elle ne comprenait pas vraiment son hésita-
tion à lui dire où elle se trouvait. Peut-être... parce qu'elle
était tellement fatiguée qu'elle n'arrivait pas à penser correc-
tement. Mais c'était comme si cette fichue clé était un
poison. Dès qu'elle la touchait, tout allait de travers.

IL NE SAVAIT pas comment la convaincre d'avoir confiance
en lui. Il fallait vraiment qu'ils mettent la main sur ces
informations. Non pas qu'il en ait quelque chose à faire, mais
il avait conscience que tant qu'elle était la seule à les détenir,
elle était en danger. Plus tôt ils répandraient la vérité auprès
de ceux qui seraient susceptibles de les aider, plus tôt elle
serait en sécurité. Bien qu'il soit sacrément sûr que
l'accusation la voudrait comme témoin en cas de procès, et,
dès que cela impliquait quelque chose comme un enlèvement, c'était une grosse affaire pour tout le monde. Mais il
ne souhaitait pas non plus que ces copies tombent entre de
mauvaises mains. Par conséquent, ils devraient faire attention
à qui ils choisiraient.

— Il est presque l'heure de dîner, annonça-t-il en consultant sa montre. Descendons et discutons de la liste pendant le repas, pour savoir à qui on doit envoyer tous les renseignements.

— Ce n'est pas que je ne fais pas confiance à tout le monde ici, mais il semble qu'on prenne un grand risque en compromettant autant de personnes.

Il lui sourit et déposa un baiser sur son front.

— Si c'était n'importe quel autre groupe, je dirais que tu as parfaitement raison de t'inquiéter. Mais, comme il s'agit de celui-ci, de mon équipe, de mon unité de l'armée et des quelques femmes qu'on a impliquées, tes informations sont parfaitement en sécurité ici. Aucun d'entre eux ne te trahirait.

Elle sourit.

— OK. Je peux donc déclarer que je suis affamée ?

Il rit. Une fois qu'elle posa ses pieds doucement sur le sol, il se leva et lui tendit la main.

— Fie-toi à moi pour faire ça, lui intima-t-il avec un sourire. J'étais honorable la dernière fois qu'on s'est vus.

Elle émit un demi-reniflement délicat.

— Ouais, tu m'as épousée, alors…

À ce moment-là, il s'esclaffa. Il l'emmena dans le couloir.

— Tu sais, je me suis demandé au fil des ans où tu étais, ce que tu avais fait, et si on allait se retrouver un jour, dit-il. Mais je n'aurais jamais cru que je regarderais en arrière et que je me souviendrais de tout le plaisir qu'on a eu durant cette période de nos vies.

Elle se retourna et lui lança un sourire taquin.

— Maintenant que onze ans se sont écoulés, c'est facile de rire. À l'époque… pas tant que ça.

— Tu en as parlé à quelqu'un ?

— Non, lâcha-t-elle en haletant d'horreur. Enfin, je l'ai révélé à Anna, ma meilleure amie, un peu, mais pas tout. Tu sais ce qu'elles auraient toutes dit si elles avaient été au courant.

Elle secoua la tête.

— Le silence était la seule option.

Mais sa voix portait une note taquine.

— Il n'y a pas de quoi avoir honte, tu sais.

Elle rit.

— Il n'y a pas non plus de quoi être fière. Connaître le nombre de verres qu'il faut pour arriver au fond d'une bouteille n'est vraiment pas le but que je voulais me fixer dans ma vie.

Les autres étaient déjà dans la salle à manger. Cette fois, plutôt qu'ils soient simplement assis autour de la table à se servir des tasses de café, Alfred avait rempli le centre de celle-ci avec du poulet rôti et des légumes. Et une bonne grosse salade César pour accompagner le tout.

Merk sourit.

— Mon genre de repas.

— Si c'est de la nourriture, qu'elle est comestible et qu'elle ne s'éloigne pas de moi, c'est mon genre de repas, surenchérit Katina.

Il s'arrêta dans son élan et la considéra.

— C'est pour ça que tu es allée à Vegas... Tu pouvais manger pour pas cher là-bas.

Elle secoua son doigt vers lui.

— Tu as oublié, boire pour pas cher aussi.

Avec tout le monde à table, et l'atmosphère légère, ils se jetèrent tous sur les mets. C'était une magie qu'Alfred connaissait très bien. Chaque fois qu'ils étaient actifs sur une mission ou qu'ils devaient être prêts à partir en un instant, il faisait en sorte que leurs corps soient remplis de très bons aliments sains.

Dès qu'ils eurent servi leurs plats et furent installés pour manger, Merk déclara :

— Katina a accepté de me conduire aux données. Cependant, elle veut d'abord voir une liste de ceux qui obtiennent les informations. Avant qu'on ne parte, elle souhaite savoir où on va copier ce matériel, l'imprimer, puis envoyer des copies par e-mail et par courrier en même temps.

Ice regarda Katina et hocha la tête.

— Sage décision, acquiesça-t-elle. Mais ton endroit le plus sûr est ici.

— C'est ce que Merk a dit aussi, indiqua Katina. Mais on sait déjà que mon véhicule a été repéré jusqu'ici. Par conséquent, ils pourraient venir m'y chercher. Et je ne veux pas qu'ils les trouvent.

Levi et Ice échangèrent un regard. Merk les observa, se demandant ce qu'ils comptaient faire.

Puis Levi se tourna pour les considérer directement.

— Merk, qu'en est-il de Gunner, le père de Logan ? Il vit à Houston. Il est ex-militaire, haut gradé. Sa maison est comme un petit Fort Knox. Logan s'est engagé dans l'armée à cause de son père. Je demanderais bien à Logan de t'emmener, mais il est en Californie pour le service de garde.

Merk renifla.

— C'est vrai. Peut-être que tu devrais lui poser la question si c'est possible.

Levi branla du chef.

— Je vais appeler directement.

— Tu es sûr que c'est prudent d'impliquer une autre personne dans tout ça ? s'intéressa calmement Katina. Je ne veux pas que quelqu'un d'autre soit impliqué.

— C'est vrai, confirma Levi joyeusement. Mais si Gunner pense que nous le protégeons, il ne sera pas content. Et il cherche toujours à aider une demoiselle en détresse...

— C'est très vrai, surenchérit Merk avec un rictus. L'armée lui manque, de façon considérable. Il était dans les opérations secrètes. Mais maintenant qu'il est à la retraite, il s'ennuie à mourir.

Merk observa Levi et dit :

— Bien vu.

Il sortit un bloc-notes qu'il posa sur la table à côté de lui, puis un stylo, avant de lancer à l'ensemble de la salle :

— Noms. À qui on envoie ces informations ? On parle de fraude, de comptes offshore, de blanchiment d'argent possible. D'enlèvement. Mais à qui faire confiance pour examiner tout ça en toute sécurité

— Le nouveau procureur de Houston est bon.

Ice attrapa la carafe d'eau pour remplir son verre.

— Anciennement de Californie. Je me souviens d'avoir entendu de bonnes choses à son sujet. Il a résolu beaucoup d'affaires de corruption très médiatisées.

— Je ne le connais pas du tout, mais je te crois sur parole, exprima Merk en écrivant son nom sur la liste.

Puis il inscrivit Gunner.

— Gunner a probablement d'autres personnes à nous suggérer aussi.

— S'il y avait un angle militaire à cette affaire, alors je suggérerais le commandant Jackson. Ou simplement Jackson, comme on l'appelle maintenant, dit Rhodes à voix basse de l'autre côté de la table.

Stone ajouta son accord.

— Il a toujours été franc avec nous.

— Il pourrait être intéressant de le contacter de toute

façon. N'oubliez pas qu'il est toujours dans l'armée, mais pas dans le même département, donc il a une longue portée.

La conversation se poursuivit pendant quarante-cinq minutes jusqu'à ce que Merk ait six noms.

Puis Ice demanda :

— Et Bullard ?

Merk s'arrêta et la dévisagea.

— Tu penses que Bullard connaîtrait quelqu'un, ou tu veux dire qu'on devrait l'inclure dans tout ça ?

— Cet homme surprend tout le monde. Il connaît beaucoup de monde. Dans un cas comme celui-ci, il pourrait très bien avoir une bonne idée des personnes en qui on peut avoir confiance.

Ice prit une gorgée de son eau et annonça :

— Je l'appellerai après le dîner.

À ce moment-là, Alfred débarrassa les assiettes avec l'aide de tous les autres, puis il revint avec un cheesecake. Le commentaire de Katina fit sourire tout le monde.

— Oh, mon Dieu, je suis morte et montée au ciel !

— Non, ma chère, le but de tout ceci est justement de vous empêcher de mourir et de monter au ciel, la railla Alfred avec un sourire effronté avant de se retourner pour prendre un tas de petites assiettes et des fourchettes à dessert dans le buffet.

Chapitre 7

APRÈS LE DÎNER, Katina ne savait pas quoi faire. Elle proposa d'aider à nettoyer la cuisine et à laver la vaisselle, mais Alfred la chassa de son secteur. Elle se rendit dans l'immense salon avec plusieurs coins pour s'asseoir, mais le trouva vide. Merk la rattrapa quelques minutes plus tard, après qu'elle s'était assise devant une grande cheminée à gaz qui n'était pas allumée.

— Te voilà, lâcha-t-il, la surprenant par son arrivée soudaine. Je ne savais pas vraiment où tu étais partie. Levi est en train de contacter Gunner. Ice va appeler Bullard, et Stone et Lissa emménagent dans un de nos appartements récemment achevés. Ils ont été occupés à déballer leurs cartons ces derniers jours, alors ils sont dans la tourmente.

Il haussa les épaules.

— Tout le monde a une existence normale à vivre.

Elle rit.

— C'est peut-être ça le problème. J'ai oublié ce que c'était de mener une vie normale.

— Ça passera aussi, dit-il d'un ton rassurant. Ne t'inquiète pas pour ça. On va s'en occuper et te permettre de retrouver une vie professionnelle normale.

— Une vie professionnelle ?

Elle secoua la tête.

— Je dois d'abord trouver un foutu travail.

— Pas tout de suite.

Il étudia son visage pendant un long moment tandis qu'elle le regardait. Puis il tendit une main et caressa doucement sa joue.

— Tu as donné ta démission ? Ou ils t'ont virée ? Tu n'as jamais fini cette partie de l'histoire.

— Je ne pouvais pas le supporter, raconta-t-elle doucement. J'avais toujours l'impression d'être surveillée, de ne jamais avoir la liberté de faire quoi que ce soit. Après une journée particulièrement mauvaise, j'ai donné mon préavis de deux semaines. Le dernier jour où j'ai travaillé était un jeudi.

— Donc tu n'as pas bossé pendant ces deux semaines ?

Elle branla du chef.

— J'avais six jours de vacances à venir, mais je ne le leur ai pas vraiment dit. Je commençais à avoir vraiment peur, alors j'ai simplement pris la deuxième semaine de congé. Et j'ai rapidement préparé mes valises et déménagé toutes mes affaires personnelles, expliqua-t-elle. Quand j'ai trouvé l'information, j'ai compris que je devais faire quelque chose. J'ai donc résilié le bail de mon appartement et j'ai emménagé dans un petit studio. J'y vis depuis deux mois. J'ai cédé tous mes meubles, car le studio était meublé.

Elle secoua la tête.

— Qui aurait cru que je me serais projetée si loin ? Le fait est que j'ai agi sans réfléchir.

— Ça s'appelle l'instinct, indiqua Merk. L'entreprise aurait eu ton ancienne adresse.

Il la regarda de plus près et ajouta :

— Elle aurait été en mesure d'accéder à toutes les informations de réexpédition que tu as partagées avec la poste. À moins que tu en aies parlé à quelqu'un. Tu l'as dit à quelqu'un ?

Elle branla du chef.

— Non. J'ai passé une annonce dans le journal pour vendre les meubles, mais j'ai fini par tout donner. Ils étaient vieux de toute façon. Je n'ai jamais eu grand-chose à la base, avoua-t-elle. Alors, quand j'ai déménagé du studio, j'ai pu tout mettre dans ma voiture. Quand je suis partie, il me restait encore une semaine de bail. Une autre raison pour le timing du préavis au travail, mais ce n'était pas comme si j'allais y dormir de nouveau.

— Il vaut mieux ne pas y retourner, au cas où quelqu'un t'aurait suivie et saurait où tu as déménagé.

Elle se sentit un peu mal à cette pensée.

— Dans ce cas, mon propriétaire a peut-être des ennuis. C'est un senior, et il vit au-dessus du petit appartement, dit-elle. Je ne veux pas qu'il lui arrive quelque chose.

— Donne-moi son nom et son adresse. Je vais voir si un rapport de police ou autre a été déposé. Il n'y a probablement rien eu, mais je n'ai pas envie qu'il s'inquiète ou que tu t'inquiètes inutilement.

Elle réfléchit à cela et hocha ensuite la tête.

— Honnêtement, je n'ai pas eu l'impression d'être suivie à l'aller et au retour, mais... il s'appelle Ryan Brown.

Elle donna l'adresse.

— Laisse-moi une seconde pour téléphoner au poste de police et confirmer que rien n'a été signalé.

Il se leva et se dirigea vers l'autre côté de la pièce.

— Peux-tu seulement appeler, dire « Bonjour, je suis inquiet pour quelqu'un », et demander s'il y a eu un incident ? s'écria-t-elle.

Il se retourna pour la considérer et sourit.

— Je connais plusieurs personnes dans le service de police local. Quelques amis avec qui je suis allé à l'école. On peut leur faire confiance pour me signaler tout problème dans la région.

Elle s'interrogea sur ce point. Cela ne déclencherait-il pas un intérêt ? Elle n'arrivait pas à décider s'il était prudent d'effectuer des recherches qui éveilleraient des questionnements chez les autres.

Elle s'assit là et essaya de se détendre jusqu'à ce qu'il revienne, s'émerveillant de la taille de l'endroit où elle se trouvait. Il y avait des vitres partout, mais elles étaient teintées, et elle était sûre qu'un système de sécurité avait été installé, car des fils à peine visibles étaient situés sur le haut de chaque fenêtre et de chaque porte. Elle ignorait ce qu'était le groupe de Merk, mais le salon lui-même était de la taille de cinq salons normaux avec de petits rassemblements de canapés. Elle aimait vraiment ça. Elle n'avait jamais été dans un endroit aussi grand.

Ce n'était pas une maison traditionnelle. Elle pouvait imaginer vingt à trente, voire quarante personnes séjournant ici, tellement c'était vaste. Surtout avec l'énorme cuisine professionnelle – le domaine d'Alfred.

La salle à manger elle-même était facilement en mesure de contenir autant de monde. Pour le moment, il y avait une énorme table longue, mais de l'autre côté, il y avait aussi un tas de petites tables. L'espace n'était donc pas un problème. Elle aurait vraiment aimé aller se promener sur le terrain, mais elle n'était pas sûre que cela soit possible ou non. Dès que Merk serait de retour, elle pourrait demander. Simplement quelque chose pour l'aider à se détendre avant de se coucher.

Il revint quelques minutes plus tard. Au lieu d'un sourire sur son visage, les coins de sa bouche étaient pincés, et ses yeux étaient durs.

Instantanément, son cœur se figea et son estomac se gonfla.

— Qu'est-ce qui s'est passé ?

— Le studio dans lequel tu vivais a été cambriolé la nuit dernière. L'endroit a été réduit en miettes.

— Oh, non ! Et le propriétaire ? Ryan va bien ?

Merk opina du chef.

— Il a appelé la police quand il a entendu le grabuge, mais, le temps qu'ils arrivent, il n'y avait plus personne. Et, oui, il a une assurance pour aider à couvrir les dommages, mais il est visiblement bouleversé.

— Tu penses ?

Elle secoua la tête.

— Donc même si j'ai été très prudente, ils étaient quand même au courant.

Elle regarda le soleil du soir et dit doucement :

— Mon Dieu. Et si je n'étais pas partie ?

MERK EN SAVAIT un peu plus grâce au rapport que Jonas lui avait présenté, mais elle n'avait pas besoin d'entendre les détails. Le vieil homme était sain et sauf, et la police était passée par là et enquêtait en partant du principe que quelqu'un était simplement en colère. La réalité, c'était que Katina s'était en fait enfuie sous leur nez, et ils étaient furieux. Il lui tapa sur l'épaule et dit :

— Je vais aller parler à Levi et Ice de ce qui se passe. Tu restes ici. Je reviens dans quelques minutes. Si tu veux, on pourra faire un tour du complexe ou la visite de la maison.

Lorsqu'elle acquiesça et s'enfonça dans le canapé, il lui adressa un sourire et se dirigea vers le bureau. Il ignorait si

Levi et Ice étaient là-bas ou dans la salle de contrôle ; il espérait qu'ils n'étaient pas au téléphone pour qu'ils soient en mesure de tous comparer leurs données.

Dans le bureau, il trouva Levi en train d'écrire des notes, mettant en place un grand tableau blanc avec ce qu'il savait. Merk se tint dans l'embrasure de la porte, jeta un coup d'œil derrière lui pour s'assurer qu'il était seul, puis il entra et ferma la porte.

— Levi, il y a eu un développement.

Levi se retourna, l'étudia, puis demanda :

— Quoi de neuf ?

Il lui indiqua que l'appartement de Katina avait été saccagé et termina en disant :

— Il y avait aussi des menaces notées sur les murs. Des choses comme « Salope, on te retrouvera » et « Où est-elle ? »

— Comment étaient-elles écrites ?

Merk haussa les épaules.

— Je n'ai pas posé la question.

— Ça n'a pas d'importance, éluda Levi en prenant son stylo. Ils ont transmis le message.

— As-tu réussi à joindre Gunner ? l'interrogea Merk. Il est d'accord pour qu'on le voie demain ?

— Bon sang, il était déjà excité. Il est ravi qu'on le sollicite et ravi d'aider. Il a vraiment hâte de faire partie de l'action, lâcha Levi en riant. Je lui ai expliqué que c'était seulement de la documentation à copier et à diffuser, et il a répondu que c'était ce qu'il préférait et que ça lui manquait.

À cela, Merk dut s'esclaffer aussi.

— Dommage qu'il ait dû prendre sa retraite. Ce vieil homme a encore beaucoup d'énergie.

Levi s'arrêta, s'assit derrière son bureau et étudia Merk.

— En fait, je me demande, depuis que j'ai raccroché le

téléphone, si on ne pourrait pas l'utiliser. Il a une sacrée quantité d'informations et de compétences. Je ne sais simplement pas dans quelle mesure ces compétences sont susceptibles de nous être utiles maintenant.

— Ça dépend du nombre de connexions qu'il maintient, dit Merk. S'il est toujours en contact avec ceux de l'industrie, il est une ressource énorme. Ses renseignements seraient considérables pour nous.

Levi acquiesça.

— Vérifie pendant que tu y es. Vois à quel point il peut être intéressé par la vérification des faits, dit Levi avec un sourire.

Merk avait parfaitement conscience que vérifier les faits signifiait recueillir des informations.

— Je pense que c'est une bonne idée. On le connaît et on a confiance en lui, et il nous connaît et a confiance en nous, donc…

Le silence s'installa entre eux deux pendant un long moment, puis Levi reprit :

— Quel est ton degré d'attachement à ton ex-femme ?

— Je ne sais pas trop comment répondre à cette question. Je tenais à peine à elle quand elle était ma femme, révéla-t-il avec un rictus. On est littéralement restés ensemble une nuit. Elle s'est envolée en début d'après-midi le lendemain, après qu'on avait effectué les démarches administratives nécessaires. On a été mariés le temps d'une poignée de main, si l'on compare avec le reste de nos vies.

Il rit.

— En réalité, on a passé plus de temps ensemble cette fois-ci que lorsqu'on s'est mariés.

— Et comment tu te sens cette fois-ci ?

Le regard de Levi se rétrécit alors qu'il étudiait le visage de Merk.

Merk s'assit sur le coin du bureau.

— Je ne suis pas sûr. Intrigué. Intéressé. Inquiet. Tout s'est passé si vite que je ne sais pas trop quoi dire.

— Comme quand tu l'as rencontrée pour la première fois.

— Absolument. Mais il y a plus que ça maintenant. Elle est plus forte qu'à l'époque, et j'aime la femme qu'elle est devenue.

Il garda son visage ouvert et honnête. Il était ami avec Levi depuis longtemps. Merk avait conscience que l'homme était en train de mettre quelque chose au clair, mais il ignorait quoi.

— Qu'est-ce qui te tracasse ?

Levi poussa un soupir, s'étira sur sa chaise, les mains derrière la tête, et mit ses pieds sur le bureau.

— C'est juste qu'il y a un schéma qui s'installe ici. Regarde Stone. Il rencontre Lissa, la fait venir ici pour la protéger, et elle reste. Ice rencontre Sienna et décide de lui prêter main-forte. Je ne sais pas pour toi, mais j'ai remarqué l'attraction entre Rhodes et elle, même s'ils essaient de l'ignorer.

— Oh, j'ai remarqué ! s'exclama Merk avec un sourire. Je reçois un appel de Katina, qui a besoin de mon aide, je l'installe ici pour la protéger…

Il inclina sa tête sur le côté.

— Et tu as peur qu'elle reste.

Les bottes de Levi touchèrent le sol alors qu'il se penchait en avant avec un grand rire.

— Je n'ai pas peur de ça. Je le vois simplement arriver. Je me demande si tu le vois aussi.

Il croisa ses mains sur le bureau et dit :

— Terkel t'a-t-il parlé de quelque chose à ce sujet ?

— Non, répondit Merk en fronçant les sourcils. En fait, je n'ai pas eu de nouvelles de lui depuis quelques jours. Bien sûr, Katina vient de me contacter.

Il se tourna pour regarder par la fenêtre.

— Parfois, je m'inquiète pour mon frère.

— Et à raison. L'homme qui voit plus qu'il ne devrait et qui essaie d'aider tous ceux qu'il peut est destiné à avoir des problèmes, énonça Levi calmement. J'aimerais avoir son avis sur la question. Je n'avais pas prévu que Legendary Security devienne un service d'entremetteurs ou que notre surnom, Heroes for Hire, qui est déjà assez nul, devienne Heroes of the Heart.

— Elles appellent, disent qu'elles ont besoin d'aide, alors on les installe ici pour les protéger, narra Merk en riant et en se levant. Le bon côté de la chose, c'est que c'est un grand endroit, patron. Mais il semble qu'il va falloir finir d'autres appartements.

Et il sortit en s'esclaffant.

Mais à l'intérieur, le souvenir de son frère qui n'appelait pas était inquiétant. Non pas qu'ils se parlaient tous les jours ou toutes les semaines ; parfois, ils passaient des mois sans un mot. Habituellement, quand quelque chose survenait dans la vie de Merk, Terkel le savait. Et il téléphonait toujours, parfois avec des conseils, parfois parce qu'il ressentait quelque chose, et parfois c'était seulement ce bon vieil avertissement fraternel.

Le fait qu'il n'ait pas contacté Merk était étrange, comme le retour de Katina dans sa vie. Il sortit son téléphone et l'observa. Il devrait joindre Terkel. Sans se poser de questions, il trouva le numéro de son frère et appuya sur « Appeler » en marchant dans le couloir. Il avait passé beaucoup trop d'années avec Levi, il pensait comme lui.

Le portable à l'oreille, sonnant et sonnant sans fin, il trouva Katina recroquevillée dans le coin du canapé, profondément endormie. Lorsqu'il tomba finalement sur la boîte vocale de son frère, Merk laissa un message rapide et rangea son téléphone.

Il se dirigea vers le buffet, ouvrit le tiroir du bas, sortit une couverture et retourna la recouvrir. Il se tenait au-dessus d'elle et s'interrogeait. Elle ne devait pas très bien dormir dans cette position. Devait-il la réveiller ou la porter dans son lit ?

Alors qu'il était debout et fronçait les sourcils, elle ouvrit les yeux, le vit et cria.

Chapitre 8

SON CRI RÉSONNANT dans toute la pièce, Katina se débattit pour se libérer de ce qui l'entourait. Soudain, quelqu'un l'attrapa, et une voix familière lui chuchota à l'oreille :

— Doucement, Katina. Calme-toi. Ce n'est que moi, Merk.

Instantanément, elle cessa de s'agiter et se blottit en frissonnant dans ses bras, le regard fixé sur son visage alors que la vérité s'installait. C'était vraiment lui. Elle enfouit sa figure contre sa poitrine, mais elle ne put arrêter les tressaillements qui lui parcouraient l'échine.

Il s'assit sur le canapé avec elle, et la serra contre lui.

Des bruits de pas entrèrent dans la pièce. Levi et Ice s'arrêtèrent à l'entrée, et Levi demanda :

— Qu'est-ce qui ne va pas ?

— Est-ce qu'elle va bien ? l'interrogea Rhodes de l'autre bout de la pièce avec Alfred.

— Elle va bien. Je l'ai enveloppée d'une couverture. Elle s'est réveillée, m'a vu et a crié.

Katina, le visage rouge d'humiliation, dit :

— Je suis vraiment désolée, tout le monde. Je ne voulais pas paniquer comme ça.

Stone grogna du côté de la cuisine.

— Qui pourrait t'en vouloir ? Si je me réveillais avec ça

au-dessus de moi, je hurlerais aussi comme une fille.

Il lui adressa un clin d'œil et quitta le salon.

Alfred dit :

— Je vais apporter du thé pour la calmer un peu.

Et il s'empressa de partir.

Merk jeta un regard à Levi, fit un petit haussement d'épaules et un sourire.

Mais Katina le remarqua. Elle les considéra tous les deux et s'excusa de nouveau.

— Je suis désolée.

D'une voix brillante, Ice dit :

— Ne t'excuse pas. Ce n'est pas la peine. Tu as vécu l'enfer et tu en es revenue. Le fait que tu ne te sois pas effondrée plus tôt est déjà admirable. Quand tu dors, le subconscient accomplit toutes sortes de choses horribles. Ne t'inquiète pas pour ça. C'est tout bon.

Elle donna un coup de coude à l'épaule de Levi et ajouta :

— Retourne au bureau. Il y a des choses dont tu dois t'occuper.

Se sentant mieux, mais toujours gênée, Katina retomba dans les bras de Merk, avant de réaliser où elle était. Elle lutta pour se redresser.

— Je peux m'asseoir sur le canapé.

Mais ses bras se resserrèrent autour d'elle, et il déclara :

— Tu pourrais t'asseoir sur le canapé, mais je n'en ai vraiment pas envie. Tu m'as fait peur, se plaignit-il. J'ai besoin de te tenir pour savoir que tu vas bien.

Elle renifla.

— C'est ton genre de phrases d'accroche ?

Il baissa les yeux vers elle avec un sourire malicieux et dit :

— Il faut croire qu'elles fonctionnent. Tu es toujours dans mes bras.

Elle se pencha en arrière pour lui souffler au visage. Puis elle rit.

— Tu es incorrigible.

Il l'étreignit de nouveau contre lui et l'embrassa légèrement sur la tempe.

— Tant que tu vas bien, je vais bien.

Elle se laissa aller à la chaleur de sa poitrine. Après quelques minutes de repos, elle demanda d'une petite voix :

— As-tu déjà pensé à moi ? Genre vraiment pensé à moi ?

Allongée contre lui comme elle l'était, elle ne put en aucun cas manquer le sursaut de surprise de son corps. Mais il n'était pas raidi d'indignation, et elle avait conscience que, quelle que soit la réponse qu'il lui donnerait, ce serait probablement la vérité.

— Quelques fois, admit-il. On n'a pas eu beaucoup de temps ensemble, mais le peu était… incroyable.

Une fois de plus, elle inclina sa tête en arrière pour réussir à voir son visage.

— N'est-ce pas ?

Elle rayonna vers lui.

— C'est bien de savoir qu'on a réussi quelque chose à l'époque.

Il gloussa.

— On était tous les deux très jeunes. On avait tous les deux des projets pour notre vie. Et ça n'incluait pas de se marier avec un étranger. On a eu du bon temps. On a fait ce qu'on a fait. Après, on a réparé nos bêtises, et on est passés à autre chose.

— Ouaip, acquiesça-t-elle sur un ton comique. Et puis je

t'ai appelé à l'aide.

Elle secoua la tête.

— Qui agit comme ça ?

— Et pourquoi moi ?

— Je l'ignore, concéda-t-elle. Honnêtement, je ne pensais pas que le numéro fonctionnerait.

— J'ai gardé ton numéro toutes ces années, révéla-t-il.

Il sortit son téléphone et alla dans ses contacts. Le nom et le numéro de Katina étaient bien là, tout en bas, sous « Marshal ». Il se tourna vers elle et lui dit :

— Honnêtement, je ne me souviens pas d'avoir eu ton numéro de téléphone à l'époque.

— Oh, je me rappelle ! Au brunch du lendemain – quand on parlait du divorce, lâcha-t-elle d'un ton sec. Je t'ai contacté plusieurs fois cette semaine-là.

Elle tendit la main et le frappa légèrement sur la poitrine.

— Mais tu n'as jamais répondu.

— J'étais en mission quand tu as appelé la première fois, avoua-t-il. Selon le type de mission, je laisse mon téléphone portable personnel à la maison. On en a un spécial pour l'unité lorsqu'on part sur le terrain.

C'était logique. Elle se recula et souffla :

— Merci d'avoir répondu à mon appel.

— Même là, on ne s'est pas rencontrés comme prévu. J'étais dans ce foutu restaurant à t'attendre.

À ce moment-là, elle se redressa et s'étonna :

— J'ai écrit « Retrouve-moi à midi ». Tu veux dire que tu étais à l'intérieur en train de déjeuner et de boire une bière pendant que j'étais dehors à t'attendre ?

— Tu as parlé de midi, mais tu n'as pas précisé dehors sur le parking. J'ai automatiquement supposé que ce serait à l'intérieur, où c'était agréable et confortable. On aurait déjeuné, et tu aurais expliqué le problème que tu avais.

Il la déplaça légèrement pour qu'elle soit dans une meilleure position sur ses genoux, puis ajouta :

— Je ne m'attendais pas à te voir attrapée et jetée dans un véhicule devant moi et emmenée loin.

— Ouais, c'est bien vrai.

Elle bâilla, se couvrant rapidement la bouche.

— Désolée. Je suppose que je suis encore fatiguée.

C'est alors qu'Alfred entra avec un plateau. Elle regarda son visage et lança d'une voix sincère :

— Merci, Alfred. Vous êtes une vraie perle et si gentil avec moi.

Il la caressa doucement et lui dit :

— Vous avez besoin d'un peu d'attention en ce moment, alors une tasse de thé est le moyen idéal de laisser le monde s'évanouir.

Elle jeta un coup d'œil au plateau, réalisant que la tasse de thé était accompagnée d'une assiette de friandises. Dès qu'elle vit la nourriture, elle se rendit compte qu'elle avait faim. Elle quitta les genoux de Merk pour s'asseoir à côté de lui et prit une tranche de quelque chose qui ressemblait à du pain aux bananes. Elle cassa un morceau et le mit dans sa bouche.

— Oh, mon Dieu ! C'est tellement bon.

— Alfred, c'est incroyable.

Merk s'approcha et saisit une rondelle du deuxième type de pain sur le plateau.

— Je pense qu'il est en mission secrète pour nous faire grossir, lança Merk d'un ton conspirateur. On est tous des victimes très consentantes de sa conspiration.

Elle sourit.

— C'est une bonne chose, mais si tu ne peux pas manger

ta part, je la mangerai pour toi.

— Ça n'arrivera pas.

Comme pour s'en assurer, il cassa un morceau de la friandise qu'elle dévorait.

Alors qu'ils étaient assis dans un silence confortable, chacun appréciant leur collation, elle se souvint de l'endroit où il s'était rendu avant qu'elle ne s'endorme.

— Tu es allé parler à Levi. Alors ?

Il haussa les épaules.

— Beaucoup de choses. On ira chez Gunner tôt demain matin.

Il glissa un regard vers elle et précisa :

— Après avoir récupéré la clé.

Elle ne répondit pas pendant un moment, puis acquiesça :

— OK. Ça marche. Tant que vous avez confiance en Gunner.

— Avec le type de travail qu'on effectue, faire confiance aux mauvaises personnes peut conduire à notre mort. On se fie à très peu de gens, mais quand on y consent, on le fait implicitement.

APRÈS QU'ILS EURENT terminé leur collation, il pouvait voir ses yeux s'affaisser. Il se leva et lui tendit la main.

— Viens. On va te mettre dans ta chambre. Tu es presque endormie. Tu dormiras mieux après une douche.

— J'en aurais bien besoin, admit-elle. Être ballottée sur le sol dans le van n'était pas vraiment une expérience agréable.

Elle se mit debout.

— Sans parler de ma jambe ensanglantée. Rien qu'une

bonne nuit de sommeil ne soit pas en mesure de réparer, dit-elle d'une voix déterminée.

Il ouvrit la voie vers les escaliers, puis changea d'avis et traversa jusqu'à l'ascenseur situé de l'autre côté.

— On ne devrait pas causer plus de stress à cette jambe.

Il fit monter l'ascenseur au deuxième étage et conduisit Katina dans le couloir jusqu'à la chambre que Ice avait aménagée pour elle. Quand il déverrouilla la porte et l'aida à entrer, il lui montra ses sacs empilés sur le côté et déclara :

— Voilà tes affaires. Si tu veux prendre une douche, vas-y. La salle de bain est derrière cette petite porte-là.

Il marqua une pause, puis ajouta :

— Appelle-moi si tu as besoin de moi. Je viendrai. Je suis au même étage, mais de l'autre côté.

Elle hocha la tête.

— Merci. Je suis sûre que tout ira bien.

Elle pivota pour fermer la porte derrière lui, en murmurant :

— Bonne nuit.

Il resta à l'extérieur, attendant d'entendre le clic de la serrure. Mais cela n'arriva pas. Il fronça les sourcils. Elle devrait s'habituer à verrouiller les portes. Une bonne habitude à prendre. Bien qu'elle soit en sécurité ici ce soir.

Il retourna dans le bureau pour voir Ice et Levi discuter du budget et de la répartition des effectifs, prit une chaise, l'approcha d'eux et demanda :

— Est-ce que ça a un rapport avec demain, ou je l'emmène chez Gunner seul ?

Quand Levi secoua la tête, Merk opina du chef.

— Qui s'occupe des renforts alors ?

Levi dit :

— Je pense que Ice et moi allons y aller. On reste en

arrière pour observer si quelqu'un d'autre vous aperçoit. De plus, on souhaite parler à Gunner.

Ice pivota vers Merk et l'interrogea :

— A-t-elle donné une indication sur l'endroit où se trouve la clé ?

Merk secoua la tête.

— Non, mais chaque fois que j'en parle, elle devient vraiment silencieuse. Je ne suis toujours pas sûr de ce qui se passe, mais elle a dit qu'elle nous y conduirait demain.

Il se leva et glissa ses doigts dans ses cheveux.

— Peu importe ce que ça signifie. Honnêtement, je n'en suis pas certain, mais quelque chose d'étrange se trame.

— Tu as confiance en elle ? demanda Levi. Ce n'est pas le bon moment pour que quoi que ce soit d'étrange se passe.

— Je sais, admit Merk.

Il jeta un coup d'œil dans la pièce et dit :

— Il est tout à fait possible qu'elle l'ait sur elle et qu'elle ne veuille pas nous l'avouer. Pas avant qu'on soit prêts à partir.

— Mais alors, on devrait plutôt s'en occuper ici, suggéra Ice. On peut faire des copies avec notre équipement et les envoyer via notre système sécurisé.

— Je lui ai proposé ça, mais elle n'y croit pas.

Les trois échangèrent des regards.

— On n'a pas demandé à fouiller ses bagages, et, bien sûr, on n'a pas saisi cette opportunité quand on l'avait.

— Et ce n'est pas ce qu'on souhaite, contesta fermement Merk. Elle a sollicité notre aide. Le fait qu'elle n'a pas encore remis la clé signifie qu'elle n'a pas confiance en nous. C'est donc à nous de l'encourager.

Mais intérieurement, il s'inquiétait aussi. Il ignorait totalement si elle disait la vérité en prétendant qu'elle détenait l'information. Et ses amis avaient pris des risques pour l'aider. Il voulait qu'elle soit honnête, mais l'était-elle ? Que savait-il vraiment d'elle ? Comme il l'a indiqué, il était difficile de faire confiance.

— J'espère vraiment qu'elle ne va pas faire marche arrière et nous la mettre à l'envers.

Puis, parce qu'il était incapable de garder cette pensée pour lui, il ajouta :

— Je ne vois aucune raison pour elle de le faire, mais…

— À moins qu'elle n'essaie de s'enfuir le matin.

Merk fixa Ice et fronça les sourcils. Il considéra le fait que les portes étaient verrouillées et que Katina avait conscience qu'elle ne pouvait pas sortir.

— Ce qu'elle serait susceptible de tenter, quand les portes seront ouvertes, c'est courir vers sa voiture et s'enfuir, suggéra Ice.

— Même dans ce cas, on ne pourrait pas le prendre de manière négative, tempéra Merk calmement. Parce que, pour ce qu'on en sait, elle l'a cachée dans la voiture.

Il se leva.

— On ne peut rien entreprendre de plus jusqu'au matin. Je vais donc m'arrêter là pour la nuit.

Il se retourna et sortit.

Il ignorait de quoi le lendemain serait fait, mais, alors qu'il avait initialement prévu de passer devant sa chambre et de s'assurer qu'elle allait bien, il se força délibérément à aller dans la direction opposée. Il y avait trop d'incertitude en ce moment.

Il avait été trahi une fois dans son travail. Ils l'avaient tous été. Les retombées physiques avaient été brutales. Il suffisait de regarder la jambe manquante de Stone. Mais ce n'était pas la même chose que la trahison par une amante…

pourtant, apprendre à faire confiance était difficile. Mais quelqu'un devait faire un acte de foi ici. Il n'avait que le peu d'informations qu'il connaissait de la fille d'il y a plus de dix ans. Mais elle avait été réelle, authentique à l'époque. Alors, qu'est-ce que les années qui s'étaient écoulées avaient changé ?

Chapitre 9

LORSQU'ELLE OUVRIT LES yeux le lendemain matin, ce fut avec le cœur lourd et une étrange sensation de malaise. Elle savait ce qui devait se passer ce jour-là, mais elle craignait toujours que ce ne soit pas la bonne chose à faire. Une partie d'elle pensait qu'elle devait simplement s'enfuir, quitter Dodge. Oublier la clé USB. Mais elle n'était pas sûre de réussir à se débarrasser de son passé. Et voulait-elle vraiment regarder par-dessus son épaule pour toujours ?

Elle ne souhaitait pas non plus laisser tomber la relation fragile qu'elle avait retrouvée avec Merk. Elle aurait déjà pu leur donner la clé. Ils auraient été en mesure de s'occuper de tout dans leur bureau ici.

Mais que faire si quelqu'un l'avait suivie et était déjà là ? Pour la même raison qu'elle s'inquiétait d'aller chez ce Gunner. Surtout si les méchants les filaient jusqu'à sa maison.

Elle n'en savait pas assez, et ça l'effrayait. Elle était si épuisée la nuit dernière qu'elle s'était effondrée dans son lit sans prendre de douche, mais maintenant elle se sentait sale et avait désespérément besoin de quelque chose pour la réveiller. Et pour desserrer l'étau sur sa poitrine. Sa jambe était endolorie, mais pas douloureuse. C'était plutôt une douleur sourde qui se répandait à l'intérieur d'elle.

Elle se dirigea vers la salle de bain, alluma la douche, et

se déshabilla de ses sous-vêtements et de son t-shirt. Elle avança sous l'eau chaude et laissa le jet lui enlever un peu de sa douleur. Elle était tellement perdue et à la croisée des chemins en ce moment. Elle n'avait pas de travail, pas de maison. Elle avait son véhicule, mais vivait de la générosité de Merk.

Ce qui lui rappelait beaucoup son enfance. Elle avait été en permanence partagée entre deux familles, mais n'appartenait à aucune. Aujourd'hui, il semblait que rien n'avait changé, et elle répétait encore des schémas d'existence enfantins.

Mais qu'est-ce que cela disait d'elle ? Ce n'était pas là qu'elle s'attendait à se trouver. Elle avait eu de si grands espoirs en allant à Vegas. Onze ans plus tard, il semblait qu'elle n'était parvenue à rien. Pendant tout ce temps, elle n'avait pas parlé de son mariage. Elle l'avait annoncé à Anna, mais à personne d'autre. Puis Anna l'avait rejointe à Vegas. Elle avait obtenu son diplôme, fait toutes les choses normales, mais elle n'avait jamais trouvé de relation aussi courte que celle qu'elle avait eue avec Merk. Peut-être qu'elle n'avait plus confiance en elle.

Elle avait eu des liaisons, elle avait eu des amants, mais rien ne tenait la distance. Et pourtant, dès qu'elle avait revu Merk, la même attirance avait enflammé ses entrailles comme un pétard. Ils avaient été combustibles à l'époque, et elle savait déjà qu'il serait très difficile d'empêcher cette même mèche de s'allumer cette fois-ci aussi. Il était mortel. Il était aussi un amant d'enfer, et elle avait conscience qu'avec le passage de ces onze années et beaucoup plus d'expérience à son actif, il serait tout aussi mortel, sinon plus.

Elle éteignit la douche et prit deux serviettes, une pour ses cheveux, puis se sécha soigneusement et regarda attentivement sa jambe. Propre, elle n'avait pas l'air si mal en point. Le bandage s'était détaché sous la douche, et elle n'en avait pas d'autre à mettre. Elle ne pouvait pas porter de pantalon sur sa blessure sans que les points de suture ne se coincent toutes les quelques minutes.

Elle fronça les sourcils. Quelles étaient ses options ? Un short ? Elle jeta un coup d'œil à l'extérieur et réalisa que le temps n'était pas aux shorts.

Ses sacs ouverts, elle étudia ses vêtements. Elle n'avait pas vraiment envie de porter une jupe non plus. Elle en avait une ou deux, mais elles n'étaient pas pratiques si les choses allaient mal.

Donc ce serait un short. Au moins jusqu'à ce qu'elle soit en mesure de demander un autre bandage. Elle retira la serviette de sa tête, s'habilla rapidement, brossa ses cheveux et tressa ses longues et riches boucles. Elle jeta la natte au milieu de son dos et rangea efficacement ses affaires. Elle laissa un jean pour se changer.

Après avoir jeté un rapide coup d'œil dans la salle de bain pour s'assurer qu'elle était propre et qu'elle n'avait rien oublié, elle se dirigea vers la porte. Il était encore tôt, mais elle se doutait qu'il n'était pas tôt pour cette maison. Elle ouvrit la porte et trouva le couloir vide. Elle connaissait au moins le chemin de l'escalier.

Elle descendit lentement les contremarches, heureuse que sa jambe soit beaucoup plus souple et que ses articulations bougent facilement. Son corps était assez meurtri et endolori après le trajet en van, mais, dans l'ensemble, ce jour était un tout nouveau jour. Peut-être, avec un peu de chance, pourrait-elle se débarrasser de ce fardeau qu'elle portait. Tant que personne d'autre n'était blessé, cela lui convenait.

Le rez-de-chaussée était vide, mais elle pouvait sentir

l'odeur du café. Elle suivit l'arôme et trouva Stone assis à la table principale avec Lissa. Elle leur sourit et lança :

— Bonjour, j'ai senti le café.

Stone hocha sa tête énorme et dit :

— Oui, il est là-bas.

Il désigna le buffet où se trouvait la cafetière.

Elle attrapa une des tasses posées sur un plateau et la remplit, puis se tourna vers le couple et demanda :

— Je peux m'asseoir ici ?

Lissa se leva d'un bond et s'exclama :

— Oh, mon Dieu, bien sûr, assieds-toi ! C'est vraiment très relax ici.

— Je m'en doutais. Mais je n'avais pas encore tout à fait compris comment tout cela fonctionnait.

— L'équipe habite ici, et nous, leurs partenaires, vivons avec eux, expliqua joyeusement Lissa. Stone et moi venons d'emménager dans un des appartements de l'autre côté, mais on n'a pas encore organisé notre logement, donc on réside toujours dans le bâtiment principal.

Elle tapota la grande main de Stone et ajouta :

— J'espère qu'on pourra faire tout ça ce week-end.

Elle entrelaça ses doigts avec les siens et continua :

— Pas sûr que ça change grand-chose. On est toujours là pour tous les repas.

Katina la regarda et demanda :

— Pourquoi ça ?

Lissa rit.

— Je ne sais pas cuisiner. À part les bases les plus élémentaires. Et Alfred aura le cœur brisé s'il a deux personnes de moins pour qui préparer les repas.

— Je peux le croire. Je pense qu'Alfred est quelqu'un qui aime nourrir le monde et être entouré de beaucoup de famille.

Entendant des voix, elle leva les yeux pour être témoin du reste de l'équipe dans divers états d'éveil en train de prendre du café. Les hommes semblaient être relativement alertes. Elle se doutait qu'avec leur travail ils n'avaient pas vraiment le choix. Ils étaient tous censés se lever et partir à tout moment.

Elle s'assit tranquillement et observa tout le monde dans son environnement naturel. C'était une façon unique de voir ces gens. Merk avait dit qu'il s'agissait d'une société de sécurité privée, tous d'anciens militaires, et elle imaginait bien que le terme « sécurité privée » n'était qu'un euphémisme pour indiquer qu'ils accomplissaient tout ce dont le monde avait besoin.

Enfin, Merk entra, et son regard examina la table avant de se poser sur elle. Ses épaules se détendirent immédiatement, et elle réalisa qu'il était probablement allé dans sa chambre pour la chercher. Elle lui adressa un sourire en coin et déclara :

— Tu vois, je ne me suis pas enfuie durant la nuit.

Il haussa les épaules.

— Il n'y a pas d'endroit où tu pourrais t'enfuir.

Il versa du café et s'assit à côté d'elle. Après avoir jeté un coup d'œil à ses jambes nues, il leva un sourcil et la railla :

— Pas sûr que la météo soit adaptée.

Elle rit.

— On est au Texas. La météo est toujours adaptée aux shorts, non ? Mon bandage s'est détaché sous la douche. Quelqu'un a un kit médical à portée de main ? J'ai besoin d'un autre bandage pour recouvrir la plaie, dit-elle en jetant un coup d'œil à sa jambe et en admettant :

— Je n'avais pas envie de mettre un jean qui aurait frotté

contre les points de suture.

Ice prit la parole de l'autre bout de la table.

— Tu veux t'en occuper maintenant ou attendre la fin du petit-déjeuner ?

C'est alors qu'Alfred entra avec un grand plateau de saucisses, du bacon, du pain frais et un grand bol d'œufs brouillés.

Katina leva la tête pour renifler en signe d'appréciation.

— Oh, après le petit-déjeuner, c'est sûr !

Tout le monde s'esclaffa et se mit à manger.

Lorsqu'elle eut terminé, Ice la conduisit à un autre étage, dans ce qui semblait être une clinique médicale complète.

Katina entra dans la pièce, stupéfaite.

— C'est incroyable.

Elle remarqua plusieurs lits d'hôpital.

— Vous êtes équipés pour faire de la chirurgie ici ?

Ice rit.

— On a pratiqué plusieurs interventions, mais si c'est important, on va à l'hôpital.

Elle fit un geste vers la jambe de Katina.

— Ça, par contre, c'est quelque chose que je suis capable de gérer.

Elle tapota l'un des lits et dit :

— Grimpe pour que je puisse voir quelle taille de bandage il nous faut.

Avec précaution, Katina étira sa jambe pour que Ice puisse l'atteindre. Elle apporta quelques bandages et en trouva un qui était à peu près de la bonne dimension.

— Cela devrait te suffire pour la journée. Fais-moi signe ce soir, et on pourra le changer après un bain ou une douche, si tu veux.

Katina ne prononça rien. Elle ne s'attendait pas à être ici

ce soir. Ces gens en avaient fait plus qu'assez pour assurer sa sécurité, mais elle ne voulait pas abuser de leur générosité. Quand Ice eut fini, Katina murmura :

— Merci. J'apprécie beaucoup.

Après cela, elle monta dans sa chambre et enfila rapidement un jean. Elle rangea son short et porta ses sacs dans le couloir. Elle en avait tellement qu'il aurait besoin de plusieurs allers-retours pour les remettre dans sa voiture.

Alors qu'elle en ramassait plusieurs, Merk la rejoignit.

— Laisse-les ici pour l'instant, lui intima-t-il d'une voix ferme. Tu pourras décider de ce que tu veux faire après avoir réglé les problèmes d'aujourd'hui.

Elle le fixa et se mordit la lèvre inférieure.

— Je ne veux pas rester ici une nuit de plus, expliqua-t-elle. Tu en as déjà fait assez.

Il renâcla.

— Ne commence pas.

Il ramassa ses sacs, les porta dans sa chambre, puis ferma la porte derrière elle.

— On y va. On prend mon camion.

C'était ce qu'elle craignait. Ça signifiait qu'elle ne serait pas en mesure de s'enfuir pendant qu'elle était en ville. Mais il avait raison. Elle n'avait nulle part où aller. Donc pas de raison d'argumenter.

Il ouvrit la voie vers le véhicule. Elle grimpa sur le siège passager, son sac à main à sa portée, et salua les autres dans l'allée. Merk franchit le portail et sortit de l'enceinte. Au niveau de la route, il s'arrêta et demanda :

— Quelle direction, gauche ou droite ?

Elle pivota pour le regarder. Bien sûr, la clé USB. Il n'avait aucune idée de l'endroit où elle se trouvait.

Elle dit doucement :

— À droite.

Il fit un signe et tourna à droite. Pour le meilleur ou pour le pire, elle était engagée maintenant. Il ne la laisserait pas partir sans qu'elle ne lui donne l'information.

Peut-être que c'était pour le mieux. Il fallait agir. Et elle ne pouvait pas le faire seule.

IL ÉTAIT FASCINÉ par l'observation des expressions de son visage tandis que ses pensées se développaient. Toujours incertaine de lui, mais aussi inquiète pour lui.

Il serra un peu plus fort le volant en laissant échapper une partie de sa colère. Elle n'avait aucune raison de lui faire confiance. Elle ne le connaissait pas vraiment. Ils avaient eu une aventure longtemps auparavant, et c'était tout. C'était une situation de vie ou de mort pour elle, déjà évidente avec son enlèvement. Mais elle devait sûrement comprendre qu'elle avait besoin d'assistance pour gérer ça.

Il suivit ses indications et arriva à l'une des banques principales. Puis il réalisa qu'elle l'avait probablement cachée dans un coffre-fort. Cela l'incita à se sentir beaucoup mieux. Au moins, elle n'était pas dans son sac. Il sortit, fit le tour pour ouvrir la porte du camion et l'aida à descendre. À l'intérieur, elle demanda à la guichetière à accéder à son coffre-fort.

Celle-ci acquiesça et, en quelques minutes, ils étaient à l'intérieur de la petite pièce avec le coffre devant eux. La femme partit.

Avec un regard vers Merk, Katina ouvrit la boîte et en sortit ce qui ressemblait à un souvenir d'enfant. Puis il se rendit compte que c'était un porte-clés souvenir cheap de Las Vegas.

Il l'observa attentivement, se demandant pourquoi elle avait conservé quelque chose comme ça toutes ces années, ou si elle était récemment retournée là-bas. Étrangement, cette pensée qu'elle puisse être de nouveau allée à Las Vegas sans lui lui faisait mal. Et c'était simplement ridicule.

Elle ouvrit le souvenir, et il vit qu'il s'agissait d'une clé USB ainsi que d'un porte-clés. Il acquiesça.

— Bien. Allons-y.

Elle referma le coffre et quitta la pièce en souriant à l'employée.

Dehors, il se demanda pourquoi elle marchait si lentement. Alors qu'il remontait dans le camion, il la questionna :

— Est-ce que tu es toujours préoccupée par la remise des données ?

Elle lui jeta un regard voilé et admit :

— Je suppose. Est-ce que ça te dérange qu'elles ne soient que partielles ?

Il se figea. Au lieu de démarrer le moteur, il posa lentement sa main sur le siège à côté de lui et se tourna vers elle.

— Qu'est-ce que tu veux dire ?

Elle considéra l'objet en plastique bon marché dans sa main et précisa :

— Je n'ai eu le temps de copier qu'une partie.

— Donc tu n'as pas toutes les preuves dont tu parlais ?

Encore une fois, elle lui jeta le même regard.

— Si, mais pas sous cette forme.

Il expira lentement, réalisant qu'il serrait la mâchoire. Il comprenait que la peur la retenait et qu'il devait être patient. Mais en même temps, il était furieux, ayant besoin d'une autre forme de garantie.

— Tu ne joues pas avec moi, n'est-ce pas ?

Elle secoua la tête.

— Non.

— Doit-on récupérer quelque chose d'autre pour avoir toutes les informations ?

— Non.

Elle ouvrit la bouche comme si elle souhaitait ajouter quelque chose d'autre, puis la referma.

Il branla du chef. Elle était foutrement exaspérante.

Il quitta le parking en jetant un coup d'œil rapide pour vérifier qu'ils n'étaient pas suivis. La circulation était légère. Ils arrivèrent chez Gunner en moins de quinze minutes. Un trajet effectué presque en silence.

Que voulait-elle dire ? Non seulement elle était silencieuse, mais elle était recroquevillée dans le coin du camion, comme si elle préférait être n'importe où ailleurs. Tant pis. C'était allé beaucoup trop loin pour arrêter le train maintenant. Avoir la clé USB ne suffisait pas. Les informations compromettantes devaient être intactes également.

Chez Gunner, ils descendirent et marchèrent jusqu'à la porte d'entrée. Elle regarda Merk avec surprise alors que la porte s'ouvrait automatiquement devant eux.

Il haussa les épaules.

— Gunner est un expert en sécurité. La porte ne se serait pas ouverte s'il ne savait pas qui était là.

Ils pénétrèrent dans le vestibule et se retrouvèrent sur un énorme parquet en bois dur, et là était Gunner, un grand sourire sur son visage.

— Eh bien, regardez qui est là.

Merk tendit la main, et les deux échangèrent des salutations. Gunner avait toujours été un bon gars. C'était une bonne chose. Il y en avait si peu dans ce monde.

Gunner avança doucement la main pour saluer Katina.

— Bonjour, ma chère. J'ai entendu dire que vous vous

étiez mise dans une situation délicate.

Cela provoqua un petit rire de Katina.

— On peut dire ça, chuchota-t-elle. Ce n'est vraiment pas là où je m'attendais à me retrouver.

Il les invita à entrer et déclara :

— La vie est comme ça. Levi et Ice arriveront d'une minute à l'autre. Je suis tellement heureux de vous voir tous.

Ils attendirent que Levi et Ice entrent dans le vestibule, tous deux calmes et posés. Ils étaient dans leur monde. De manière intéressante, Merk pouvait sentir que Katina était de plus en plus nerveuse à mesure que leur nombre doublait. Il remarqua l'œil interrogateur de Ice. Il haussa les épaules. Il n'avait aucune idée de ce qui se passait.

Gunner intervint :

— Je crois comprendre qu'on a du pain sur la planche. Je vais préparer le café.

Il pénétra dans un grand bureau où se trouvait son assistant.

— Tu peux lui donner la clé. Il va récupérer les données, et on jettera un coup d'œil à ce que tu as.

Katina se figea. En réalité, elle fit un pas en arrière. Merk passa immédiatement un bras autour de son épaule et chuchota à son oreille :

— Tout va bien ?

— Je ne le connais pas, murmura-t-elle.

Elle grimaça.

— C'est stupide, mais j'ai du mal à la lui donner.

Merk étudia l'assistant. Il le connaissait, et il avait l'air assez mal à l'aise sous l'attention évidente.

Merk se tourna vers Gunner et demanda :

— Est-ce que ça te dérange si je m'en occupe ?

Gunner agita la main.

— Vas-y. Je suis sûr que tu ne vas pas accéder à autre chose sur mes ordinateurs que ce dont tu as besoin.

— Ton homme peut rester et surveiller. Ça ne me gêne pas.

Merk s'assit et tendit la main pour prendre la clé. Sans poser de questions, Katina lui remit l'objet. Il inséra la clé USB dans le lecteur. Il y avait trois fichiers. Il ouvrit le premier, et, comme elle l'avait indiqué, il s'agissait de feuilles de calcul de comptes.

Tout le monde se déplaça pour étudier les moniteurs. Le collaborateur se pencha et changea quelques éléments, puis les feuilles de calcul s'affichèrent sur les écrans plus hauts. De cette façon, ils étaient en mesure de regarder les informations de plus près. Merk déplaça le premier fichier sur un moniteur, puis, avec l'aide de l'assistant, il ouvrit les deux autres fichiers afin qu'ils puissent voir les trois en même temps.

Derrière lui, Ice commenta :

— Intéressant.

Merk se retourna pour considérer Katina.

— Et où est le reste des données ?

Il sentit que Ice et Levi le fixaient.

Elle rougit.

— Je l'ai, avoua-t-elle.

Elle regarda Gunner puis son collaborateur et demanda :

— Auriez-vous par hasard un ordinateur portable avec un micro ?

Gunner prit un ordinateur portable à proximité et le lui apporta tandis que l'assistant attrapa l'un des nombreux casques posés sur l'étagère. Elle brancha discrètement le tout.

Elle tira une chaise jusqu'au bureau et parla dans l'appareil. Elle se détendit dans le fauteuil, et les mots roulèrent sur le bout de sa langue. Elle ferma les yeux et s'installa.

Merk l'observa, choqué. Il se tenait derrière elle pour voir les mots s'inscrire sur le bloc-notes. Puis il comprit ce qu'elle avait voulu dire. Elle ne pouvait pas télécharger beaucoup de fichiers sans déclencher le mauvais type d'attention, alors elle avait mémorisé le contenu. Il secoua la tête et regarda les informations apparaître sur la page comme par magie. À côté de lui, Ice et Levi se contentaient de regarder. Merk avait conscience de ce qu'ils ressentaient.

Gunner se plaça à côté de lui.

— Il semble que ça va prendre du temps. C'est l'heure du café.

Et il quitta la pièce.

Merk ne voulait en aucun cas interrompre Katina à ce stade. Mais il comprenait maintenant pourquoi elle avait été si mystérieuse. Ce n'était pas quelque chose dont elle voulait que tout le monde sache qu'elle pouvait faire. Bon sang, c'était une sacrée compétence, mais il ne souhaitait pas non plus que les méchants l'apprennent. Les méthodes qu'ils utiliseraient pour la forcer à obtenir des informations – ou, pire encore, pour lui soutirer de force des données – seraient horribles.

Il tira une chaise et s'assit, lisant les données au fur et à mesure. Après quarante-cinq minutes de dictée régulière, elle s'arrêta soudainement, se redressa, ouvrit une feuille de calcul et remplit verbalement les tableaux de mémoire. Merk regarda Ice et Levi. Tous deux froncèrent les sourcils devant ce changement.

Ice dit :

— Tu devais être excellente à l'école.

— Bon sang, elle serait excellente dans n'importe quelle équipe, surenchérit Merk en se demandant comment elle pouvait bien faire ça.

Finalement, elle se tut. Il consulta sa montre et se rendit compte qu'elle avait parlé sans interruption pendant plus de quatre-vingt-dix minutes. Il secoua la tête. Il prit un verre d'eau sur le plateau qu'on lui apporta et le lui tendit. Avec un sourire reconnaissant, elle but tout son contenu d'un coup.

— Tu en veux encore ? lui proposa-t-il.

Elle branla du chef.

— Ça devrait aller maintenant.

— En plus de cette démonstration magique, souffla Merk, y a-t-il d'autres renseignements que tu ne nous as pas donnés ?

Elle secoua la tête.

— Non. C'est tout ce que j'ai.

Chapitre 10

U NE TASSE DE café à la main, et son travail terminé, elle se détendit. Maintenant qu'elle avait enfin tout sorti, elle éprouvait un sentiment de soulagement, car elle s'était enfin engagée dans une voie – bonne ou mauvaise. Chaque fois qu'elle devait faire quelque chose comme ça, elle était toujours terrifiée à l'idée de manquer une information. De l'oublier avant d'avoir eu la chance de l'écrire. Mais elle savait que cette fois, elle avait tout extrait.

Elle pouvait voir le regard sur leurs visages alors qu'ils lisaient les données qu'elle avait transcrites. Quelqu'un devrait la relire pour corriger les erreurs inhérentes à tout programme de dictée. Elle avait apporté quelques ajustements, mais, en ce qui la concernait, l'information était complète. Entre ce qu'elle avait sur la clé et ce dont elle se souvenait, ça devrait être suffisant. Au moins assez pour que la police soit en mesure de continuer.

Et désormais, elle était fatiguée. Ce qui était stupide, car ce n'était même pas l'heure du déjeuner. Elle avait l'impression d'être passée par l'essoreuse et d'en être revenue.

Elle s'assit tranquillement pendant que les autres discutaient des renseignements. L'assistant de Gunner était déjà en train de les parcourir, de les nettoyer et de les rendre plus lisibles. Elle observait, s'assurant qu'il ne changeait rien d'important. Cela ne prendrait pas trop de temps, elle en était consciente par expérience. Quand il eut enfin terminé, il l'envoya à l'imprimante et leur donna à chacun une copie papier à relire. Elle n'accepta pas celle qu'il lui tendit. Elle savait ce qu'elle disait. La dernière chose qu'elle voulait était de la relire.

— Alors, pourquoi y a-t-il un dossier avec tous ces noms de lieux et d'argent ? Je comprends ce que tu as raconté maintenant à propos d'un code et du mot « flic » à côté de trois d'entre eux. Ce n'est pas un nom sur lequel on peut s'appuyer, mais on peut sûrement arriver à quelque chose avec ça.

— C'était le dossier privé de la comptable, expliqua Katina tranquillement. Toutes sortes de restrictions étaient sur cette copie. Je n'étais pas en mesure de l'imprimer. Il ne me permettait pas de faire quoi que ce soit. La comptable était la seule personne à pouvoir le modifier de quelque façon que ce soit. Ma seule option était de le mémoriser.

— Tu peux utiliser des programmes pour copier ce genre de choses sur des écrans.

Elle hocha la tête.

— Mais ils sauvegardent aussi ce dont vous avez fait des copies, murmura-t-elle. Et je ne pouvais pas me permettre de laisser quelqu'un découvrir mes agissements.

Gunner s'interposa et dit :

— Mais manifestement, quelqu'un le sait si vous avez été kidnappée, ma chère.

Elle grimaça.

— Oui, mais à l'époque, je ne pensais pas que quelqu'un était au courant.

Il opina du chef en signe de compréhension et déclara :

— Notez tous ceux qui doivent recevoir une copie de ceci.

Et c'était parti pour une discussion approfondie sur les noms, les options, les e-mails et les contacts. Ils décidèrent tous de faire des envois en double, à la fois imprimés et numériques, juste au cas où. Dix noms furent finalement retenus.

Pour elle, c'était beaucoup. En hésitant, lorsqu'ils eurent finalement terminé, elle demanda :

— Êtes-vous sûrs que toutes ces personnes sont dignes de confiance ?

— On ne peut être sûrs de rien, admit Gunner de sa meilleure voix militaire. Tout ce qu'on peut faire, c'est supposer que les gens qu'on a connus, avec qui on a travaillé et qu'on a vus agir dans diverses situations sont du côté du bien.

— En d'autres termes, c'est un coup de dés…

Merk rit.

— On dirait qu'on est de retour à Vegas.

À ce moment-là, l'assistant retira la clé, la recouvrit et lui tendit la babiole.

Merk la regarda et sourit.

— Il semble que la boucle est bouclée.

Elle la mit dans son sac qu'elle referma. Elle jeta un coup d'œil à l'assistant et lui adressa un rictus en soufflant :

— Merci.

Il hocha la tête, mais était déjà de retour au travail. Les feuilles de calcul s'imprimaient à ce moment même. Dix copies. Elle regarda de nouveau la liste de noms et demanda :

— Est-ce que certaines de ces personnes font partie des médias ?

— L'un d'entre eux est un journaliste de grande renommée, confirma Gunner. Il est connu pour être un dénonciateur.

Elle opina du chef.

— Si c'est le mieux qu'on puisse faire, je laisse les noms entre vos mains.

— Et c'est pour ça que tu as appelé Merk en premier lieu, donc détends-toi. C'est notre travail, la rassura Ice avec un sourire.

Avant que Katina n'ait le temps de répondre, Merk s'approcha et prit sa main, la tenant doucement dans la sienne.

— Tout ira bien.

— Vraiment ? Je suis sûre que c'est ce que tu as dit avant de me conduire dans la chapelle.

Le groupe entier éclata de rire. C'était une bonne chose, car elle préférait rire que pleurer, et c'était sa seule autre option pour le moment.

— Tu as une mémoire photographique ? la questionna Merk doucement à ses côtés.

Elle se tourna pour le considérer et hocha la tête. Puis elle haussa les épaules.

— Ou peut-être pas. C'est quelque chose comme ça, mais pas tout à fait. Je n'ai jamais demandé à personne.

Son regard intense se fixa sur le sien comme s'il voulait voir si elle avait d'autres secrets cachés. Elle le laissa la dévisager autant qu'il le souhaitait. Elle savait qu'elle avait tout révélé et que le processus l'avait épuisée.

Elle ferma les yeux et se reposa.

— Comment se fait-il que je ne l'aie pas su avant ? se plaignit-il d'un air léger.

Sans ouvrir les paupières, elle répondit :

— Tu n'étais pas trop intéressé par ce qui était en moi. Tu étais plus intéressé par le fait d'entrer en moi, le railla-t-elle d'une voix très basse.

Mais, au silence soudain dans la pièce, elle avait conscience que tout le monde avait entendu. Sentant la chaleur lui monter au visage, elle chuchota :

— Merde ! Personne d'autre n'était censé entendre ça.

À côté d'elle, Levi ricana.

— Au moins, tu as très bien cerné Merk.

— Hé, c'est pas juste ! se défendit Merk avec un sourire. J'étais très intéressé par bien plus que ça.

Mais l'humour monta d'un cran dans sa voix lorsqu'il ajouta :

— Bien que cette partie me captive vraiment.

Elle rit.

— Je dois admettre que c'est une chose à laquelle on s'est beaucoup adonné.

Elle avait déjà fait plus de sous-entendus sexuels qu'elle ne le pensait. Apparemment, c'était ce qu'elle était avec lui. Ils avaient ri, plaisanté et passé un bon moment. Mais l'expérience l'avait aussi aigrie et effrayée. Elle considérait toujours la tequila comme l'un des meilleurs tours du diable.

Le sujet revint sur l'information et tous les noms.

— Je peux partir maintenant ? demanda-t-elle, la fatigue prenant le dessus.

Toutes les têtes se tournèrent, et tout le monde se concentra sur elle. Mais Merk posa une question qui n'avait pas été posée :

— Pour te rendre où ?

— N'importe où. Pourquoi pas la Californie ? suggéra-t-elle d'un air moqueur. J'ai un oncle au Canada. Je devrais peut-être aller le voir.

— Tu veux fuir pour le reste de ta vie ? la questionna Ice. Ce n'est pas une façon de vivre. Tu seras toujours en train de regarder par-dessus ton épaule. Le Canada est-il assez loin ? Peut-être. Jusqu'à ce que quelqu'un, quelque part, découvre qui tu es, et que ça remonte jusqu'à ces gens.

Katina fronça les sourcils.

— Non, ce n'est pas une vie, n'est-ce pas ?

Elle observa les autres et ajouta :

— Mais ce que je viens de faire risque d'aggraver les choses.

— À court terme, oui, confirma Merk. J'ignore quelle est ta situation financière, mais des vacances ne sont peut-être pas une mauvaise idée. Au moins jusqu'à ce que tout ça se calme.

— Le Canada, c'est possible ?

Elle se redressa sur sa chaise, appréciant cette idée. Son oncle était génial. Elle aimerait passer quelques semaines avec lui.

— Mais alors, quelle est la différence entre partir au Canada et s'enfuir au Canada ?

— C'est une question d'intention, dit Merk. L'une consiste à faire profil bas et à ne pas être sous les feux de la rampe jusqu'à ce que les ravisseurs soient arrêtés et jugés, et l'autre à ne pas prévoir de se diriger vers un endroit en particulier, à courir, à espérer être libre et à toujours regarder par-dessus votre épaule. L'une est planifiée. L'autre ne l'est pas.

— J'ai remis tout ce que je sais, lâcha fermement Katina. Il y a probablement plus d'informations dans mon cerveau si vous êtes en mesure de les extraire de moi. Je n'ai vraiment pas envie de m'enfuir. Mais des vacances prolongées seraient une bonne idée. Mais pas chez mon oncle si ça le met en danger.

— Tu n'as pas confiance en ton oncle ? demanda Levi.

Elle se retourna pour le regarder.

— Autant qu'en n'importe qui, admit-elle, détestant le fait que la confiance semblait être un réel problème pour elle.

Elle avait été seule la plupart de sa vie. Autonome par nécessité, dépendre des autres n'était pas quelque chose dont elle avait l'expérience.

— Je ne pense pas qu'il ait quelque chose à voir avec ça. Mais je ne veux pas non plus lui attirer d'ennuis.

Levi acquiesça.

— C'est bon à savoir.

Merk parla de l'autre côté d'elle, l'obligeant à se retourner pour le considérer :

— Est-ce que quelqu'un d'impliqué est au courant pour ton oncle ?

Il fit un signe de tête en direction de toutes les feuilles de calcul présentes devant eux.

Elle laissa échapper son souffle, réfléchissant lentement à ce que pouvait contenir son dossier personnel.

— Je ne crois pas, mais je suppose que s'ils avaient envie de chercher assez profondément ils trouveraient cette information d'une manière ou d'une autre.

Gunner prit la parole et dit :

— Absolument.

Il attendit un moment puis ajouta :

— Mais il faudrait qu'ils pensent que c'est un endroit où tu te rendrais. Ils n'iront pas si loin s'ils imaginent que vous êtes proches. Ou si vous avez d'autres adresses, d'autres amis susceptibles de leur donner de meilleurs résultats.

Des amis ? Anna. Se redressant, Katina devint blanche, sachant que la couleur avait été lessivée de sa peau.

— Ils s'en prendraient vraiment à mes amis ?

Silence.

— Tu t'inquiétais déjà pour le propriétaire qui vit au-dessus de toi. Comment se fait-il que tu n'aies pas établi le lien avec la possibilité qu'ils pourraient s'en prendre à tes amis et à ta famille pour savoir où tu es ? demanda Ice.

En tremblant, Katina tira son sac à main vers elle depuis le côté de la chaise et chercha son téléphone. Elle afficha sa liste de contacts et cliqua sur le premier en haut. Sa meilleure amie travaillait dans un refuge pour animaux. Quand elle répondit à l'appel, Katina se renfonça dans sa chaise, soulagée.

— Anna, est-ce que tu pourrais disparaître pendant quelques semaines ?

Il y eut d'abord un silence. Puis Anna s'écria :

— Qu'est-ce qui ne va pas ? Tu es blessée ? J'ai entendu parler de l'enlèvement. Tu aurais pu m'appeler pour m'annoncer que tu allais bien. J'étais si inquiète.

Katina leva une main sur son front.

— Je suis vraiment désolée. J'essayais de te tenir à l'écart de tout ça. Je ne voulais pas que quelqu'un te retrouve. Honnêtement, ma vie a été un enfer ces dernières vingt-quatre heures. Je n'ai pas eu le temps de réfléchir clairement.

— J'étais si angoissée. Oh, mon Dieu, qu'est-ce qui se passe ?

Katina ne savait pas quoi dire à son amie.

— Katina, poursuivit Anna d'un ton tranchant. C'est quoi cette histoire de disparition ?

— J'ai eu quelques problèmes. J'ai offensé beaucoup de gens qui sont du mauvais côté de la loi, et ils sont après moi, expliqua Katina. Les personnes qui m'aident s'inquiètent que mes amis – dont toi – puissent être des cibles.

Plus de silence, puis elle souffla :

— Oh, mon Dieu !

Katina grimaça.

— Je sais. Je sais. Je suis vraiment navrée. Et je comprends que c'est soudain, mais les choses vont se précipiter ici dans les prochaines vingt-quatre heures, et je veux m'assurer que tu es en sécurité.

Elle était en mesure d'imaginer son amie debout au milieu du refuge, observant tous les animaux dans le besoin, et savait instinctivement ce qu'elle allait dire.

— Je ne peux pas, déclara Anna. Tu as conscience que je n'ai presque plus de personnel. Le refuge a déjà du mal à se maintenir à flot. Quelqu'un doit être là pour s'occuper de ces animaux.

Son regard se tourna vers Merk.

— Je le sais, Anna, mais je mourrais si quelque chose t'arrivait à cause de moi.

— Ce sont les mêmes gars qui t'ont kidnappée ?

— Probablement, oui. Ou les gens qui les ont engagés.

— J'ai un système de sécurité ici et à la maison, l'informa Anna. Je ne peux pas simplement faire mes valises et partir. Ce n'est pas si simple.

— J'en suis consciente.

Katina s'effondra contre le dossier de la chaise et essuya les larmes qui se formaient au coin de ses yeux.

— Je sais exactement à quel point c'est difficile. Tout ce que je possède est à l'arrière de ma voiture. J'ai tout perdu.

— C'est ce stupide travail de comptable quand tu as eu une promotion, non ?

Katina fronça les sourcils.

— Comment tu es au courant de ça ?

Elle sentit l'intérêt venant de tout le monde autour d'elle. Mais elle secoua la tête, les repoussant.

— Tu as changé après ça. Tu es devenue très nerveuse, tu n'arrêtais pas de regarder par-dessus ton épaule. Je t'ai demandé si tout allait bien, et tu as prétendu que oui. Mais je savais que tu mentais.

— Ce n'est pas tant que je mentais. Je n'arrêtais pas de regarder par-dessus mon épaule, mais il n'y avait jamais rien, expliqua-t-elle. Et puis soudain, quelqu'un était là. Et j'ai été enlevée.

— Qui sont les personnes qui t'aident ?

Katina hésita.

— Ne mens pas. J'ai assez de problèmes à gérer ici. Que se passe-t-il exactement ? Qui t'aide, et peut-on leur faire confiance ?

Sachant ce qui l'attendait, elle se prépara au pire en déclarant :

— J'ai appelé Merk.

Anna ricana et lâcha :

— Tu te moques de moi. Tu as appelé ton mari de Las Vegas ?

Elle l'avait exprimé d'une voix si forte que Katina était sûre que la moitié de la pièce l'avait entendue.

— Ex-mari, contesta-t-elle fermement. En plus, il allait s'engager dans l'armée, tu t'en souviens ? Je ne savais pas qui d'autre appeler. Je me suis dit qu'il saurait peut-être qui pourrait m'aider. Je ne m'attendais pas à ce qu'il insiste pour être le premier à le faire.

— Oh, c'est trop drôle ! Ton expérience de la Elvis Presley Wedding Chapel s'est transformée en chevalier blanc.

Puis elle gloussa.

Katina était certaine que c'était plus une libération du stress qu'autre chose, mais Anna s'amusait un peu trop.

Merk se pencha et lui tapa sur le genou.

— Dis-lui que tu la rappelleras dans quelques minutes.

Elle acquiesça et raccrocha rapidement. Elle posa le téléphone sur ses jambes et le regarda fixement.

— Quoi ?

Il observa Levi et demanda :

— Est-ce que quelqu'un serait en mesure d'aller aider au refuge et de garder un œil sur Anna ?

Levi fronça les sourcils, mais se tourna vers Ice, réfléchissant.

— Tous nos hommes à plein temps sont en mission.

— C'est différent, éluda Ice. C'est susceptible de durer entre plusieurs semaines et plusieurs mois.

Merk acquiesça.

— Gunner, et toi ? Ça ne doit pas forcément être un flic à plein temps ou un agent de sécurité, mais quelqu'un qui a une formation militaire, un retraité qui n'est plus en service pour une raison ou une autre.

Katina n'avait aucune idée de ce que pouvait être cette raison.

— Tant qu'ils ont une bonne expérience solide pour s'occuper de quelqu'un et qu'ils sont d'accord pour prêter main-forte avec les animaux, ce serait bénéfique pour les deux parties. Elle est complètement à court de personnel et est submergée par les animaux.

— En parlant de quelqu'un qui est bon avec les bêtes…

Merk se tourna pour regarder Lévi.

— Comment va Aaron ?

Levi secoua la tête.

— Il n'est pas encore prêt pour ça. Il a encore des opérations programmées pour sa jambe et son dos.

Merk opina du chef.

— Dommage. Il aurait été idéal. Il adore les animaux.

— Oui, quand il était jeune, avant l'armée, minimisa Levi. Au dire de tous, il est devenu très amer et ne gère pas bien son changement de situation.

Il fronça les sourcils et baissa ses yeux vers le sol.

— Il y en a beaucoup comme lui, surenchérit doucement Gunner. Maintenant, la question est, qui dans mes connaissances constituerait le bon choix pour cette mission ?

Il resta assis et laissa tomber son crayon de haut en bas sur le papier.

— Laissez-moi y réfléchir pendant quelques minutes et voir si je peux trouver quelqu'un.

Sur ce, Katina était heureuse et espérait qu'une solution se présenterait, et rapidement. Elle serait dévastée si quelque chose arrivait à Anna.

MERK REGARDA KATINA faire tourner le téléphone dans ses doigts tandis qu'elle s'inquiétait pour la sécurité de son amie.

— Combien d'amis pourraient être affectés par ça ?

Elle leva les yeux vers lui avec surprise.

— Anna serait la plus proche et la plus en danger. On a fait beaucoup de soirées pyjama. On est amies depuis toujours. Mêmes écoles et collège. C'est grâce à elle que je suis restée à Houston. Sans famille pour s'occuper de moi, Anna était plus proche d'être ma vraie sœur que les deux demi-sœurs que j'ai. C'était un choix évident de demeurer ici. Un endroit aussi bien qu'un autre, expliqua-t-elle en rougissant. En réalité, Anna était aussi à Vegas. Et la seule à savoir ce que je faisais là-bas.

Merk fronça les sourcils.

— Je ne l'ai pas vue.

Elle lui lança un regard perçant et le railla :

— Non, tu regardais autre chose.

Il sourit.

— J'ai bon goût.

Elle secoua la tête et roula les yeux vers lui. Bien que ce soit la dernière chose à propos de laquelle elle s'attendait à plaisanter, cela aida vraiment à réduire la tension dans la pièce.

— J'ai d'autres amis, mais ils ne vivent pas en ville, et j'ignore à quel point ils seraient en danger. Je suppose que quelqu'un pourrait aller les voir et leur demander de mes nouvelles, mais je n'en ai parlé à personne. Honnêtement, je n'étais pas très sociable au travail non plus.

Et puis sa voix s'éteignit. Elle fronça les sourcils, profondément préoccupée.

Merk lui accorda une minute, puis l'interrogea :

— À quoi tu penses ?

Elle se mordilla l'intérieur de la lèvre et dit :

— C'est impossible.

— Qu'est-ce qui est impossible ? releva Ice. Mieux vaut nous laisser décider.

Katina regarda ses mains et la façon dont elle faisait continuellement tourner son téléphone sur ses genoux.

— Une autre femme a travaillé pour nous. Elle a remplacé un autre comptable, mais seulement temporairement, car il assistait à une conférence.

Elle haussa les épaules.

— Mais je ne sais pas pourquoi. Le travail aurait normalement été déchargé sur un autre des comptables principaux ou simplement mis de côté jusqu'à leur retour.

— Et ? demanda Merk. Il doit y avoir autre chose si ça te tracasse.

— Ça ne me dérangeait pas jusqu'à maintenant, quand j'ai réalisé qu'elle avait disparu.

Instantanément, tout le monde dans la pièce se redressa

et la dévisagea.

— OK, peut-être pas « disparu ». Elle a quitté le bâtiment un jour, et le lendemain, j'ai remarqué que son manteau était toujours là, comme si elle s'était précipitée dehors et n'avait jamais voulu revenir le chercher.

— Ou alors elle n'était pas en mesure de revenir, suggéra Merk à voix basse.

Elle le considéra bouche bée, les yeux ronds comme des soucoupes, et s'écria :

— Oh, non, il n'y a aucune raison pour qu'ils fassent une chose pareille, n'est-ce pas, Merk ?

— Difficile à dire. Quel était son nom ? demanda Gunner.

— Eloise Hartman.

— Quand a-t-elle disparu ?

Katina fronça les sourcils, en réfléchissant.

— Mi-mars, je pense, tenta-t-elle. J'étais déjà à mon nouveau poste, mais seulement depuis quelques jours. Elle a formulé un commentaire sur le fait que je m'amusais, mais son ton n'était pas normal. Pas sarcastique et ce n'était pas un avertissement, mais il y avait quelque chose de bizarre.

Merk regarda Gunner tapoter sur son ordinateur portable, cherchant Eloise Hartman. Il vit son regard changer. Et puis il sut.

— Quoi ? Une fusillade en voiture ou un corps trouvé dans les bois ?

Gunner le fixa droit dans les yeux et opina du chef, puis se tourna vers Katina et annonça :

— Elle a été trouvée dans le parc, une seule balle dans la tête.

Il jeta un coup d'œil à l'écran et ajouta :

— Son corps a été découvert le 19 mars.

Au cri d'horreur de la jeune femme, Merk se déplaça sur sa chaise pour pouvoir entourer Katina d'un bras et la serrer contre lui.

— OK, calme-toi. On ignore si c'est lié. On doit évidemment supposer qu'il pourrait y avoir un rapport, mais ça ne signifie pas que ça t'arrivera à toi.

— Ou à Anna, surenchérit-elle d'une voix tremblante. Oh, mon Dieu, qu'est-ce que j'ai fait ?

D'une voix ferme, Merk dit :

— Tu n'as rien fait. Ce sont ces connards qui sont responsables de ça.

Elle orienta ses yeux vitreux vers lui et se plaignit :

— Mais ils l'ont tuée. Est-ce qu'ils prévoient de m'infliger la même chose ?

Merk s'interrogea sur la meilleure façon de répondre, puis décida qu'il n'y avait aucun intérêt à prendre la chose à la légère. Elle devait en être consciente. Il hocha la tête.

— Il y a de très bonnes chances que ce soit exactement ce qu'ils prévoient pour toi. Ils obtiendraient cette information d'une manière ou d'une autre.

— Mais ils n'auraient que la clé, chuchota-t-elle. Le reste irait dans la tombe avec moi.

À son regard surpris, elle expliqua :

— Si je suis stressée ou sous une quelconque contrainte, ma mémoire ne fonctionne pas. Je suis incapable de me souvenir de quoi que ce soit. Je dois être calme et me sentir en sécurité, sinon…

Elle haussa les épaules.

— Ce n'est donc pas une compétence facile à avoir, en déduit-il.

— Et très peu fiable. Je commençais à m'améliorer en l'utilisant pour… quelque chose d'autre, ajouta-t-elle de manière énigmatique. Mais j'ai déraillé et je suis rentrée chez moi à la place.

Il se retourna pour la considérer, étudia son visage pendant un long moment, puis un sourire éclata.

— Tu comptais les cartes à Vegas, n'est-ce pas ? C'est ce que tu voulais dire en précisant qu'Anna était la seule à savoir ce que tu faisais là-bas.

Son visage se décomposa. Elle confirma doucement :

— Il m'est venu à l'esprit, lorsque j'ai réussi à mémoriser toutes les cartes et à gagner un peu d'argent, que cela pourrait être un moyen de rembourser mes prêts étudiants, mais je n'y suis pas restée assez longtemps pour mettre à profit cette pratique.

Elle renifla et le regarda fixement, puis s'essuya les yeux dans un mouvement enfantin qui le poussa à sourire.

— C'est illégal de toute façon, alors considère-moi comme ton sauveur à l'époque aussi.

Elle renifla, puis se tourna vers Gunner.

— Si vous connaissez quelqu'un susceptible d'aider à garder Anna en sécurité, j'apprécierai vraiment.

Il hocha la tête.

— C'est possible. Flynn pourrait convenir.

Ice sursauta, puis elle gloussa.

— C'est vrai.

Levi demanda :

— Est-ce qu'il travaille pour toi ? J'espérais le convaincre de venir travailler pour moi. Cette mission serait un bon test.

Gunner branla du chef.

— Je n'attribue pas de missions. Mais je le connais grâce à Logan. Et je sais qu'il a besoin de faire quelque chose de constructif.

— Le seul problème, c'est que c'est un peu un électron

libre. C'est pour ça qu'il n'est plus dans la marine, révéla Ice. Il est devenu rebelle lors d'une de ses expéditions, et ils ont décidé qu'ils n'étaient plus en mesure de s'en occuper.

Gunner hocha la tête.

— En effet, mais pour une bonne raison. Des enfants étaient coincés dans un autre camp, et son unité avait l'ordre de les laisser là. Flynn refusait d'écouter. Il y est retourné et les a sauvés. Dans le processus, il a perdu sa carrière.

— Et il a toujours eu un faible pour les animaux aussi, n'est-ce pas ? demanda Levi.

Il se tourna vers Ice et précisa :

— En réalité, il a aidé le Dani's Center pendant un moment à la clinique vétérinaire.

— Ça répond à notre question, dit Ice. Mais c'est un peu un blagueur.

Ice pivota vers Katina pour l'étudier.

— Comment est Anna ? Peut-elle gérer quelqu'un qui a une personnalité exagérée ?

— Anna est un peu comme ça elle-même. C'est un vrai feu follet, déclara Katina en souriant.

— Ils iraient bien ensemble, avança Ice en reniflant.

— Hé, on n'est pas dans l'unité de Mason ici. Aucun rapprochement n'est autorisé, grogna Levi.

Elle afficha un rictus en retour. Son grognement s'accentua quand il ajouta :

— Comme si on avait besoin de ça.

Merk capta le regard de confusion de Katina et lui annonça :

— Je t'expliquerai plus tard.

À Ice, Merk dit :

— C'est bien que vous vous soyez trouvés et que vous ayez réglé vos problèmes. C'est encore mieux que Stone ait rencontré quelqu'un pour oublier toute cette douleur pour aller de l'avant. Mais n'essaie pas de caser tous les hommes que tu connais.

Ice lui lança un œil noir, mais dans un de ses minuscules hochements de tête perceptibles, elle réussit à y inclure Katina. Et le regard de Merk s'intensifia. Mais à l'intérieur, quelque chose jaillit. Et pour la première fois, il réalisa ce à quoi leur relation devait ressembler pour les autres – la façon dont ils s'entendaient, la façon dont ils plaisantaient sur leur histoire passée, la façon dont il la réconfortait constamment, et la façon dont elle s'était tournée vers lui. Le truc du chevalier blanc en armure étincelante n'était pas faux, mais ce n'était pas une base pour une relation durable.

À moins qu'il ne considère la vie amoureuse de Stone, qui avait commencé tout aussi soudainement et de façon similaire.

Il secoua la tête.

— N'y pense même pas.

Elle lui adressa un sourire innocent et éluda :

— Je ne sais pas de quoi tu parles.

Levi se retourna pour observer Merk et déclara :

— Ça ne sert à rien d'y penser. C'est déjà un fait. C'est à toi de t'en rendre compte.

Il se leva et tendit la main à Ice.

En se redressant, elle lança à Gunner :

— Si tu pouvais contacter Flynn, ce serait génial.

— On cherche à embaucher quatre autres hommes, et on a songé à lui, annonça Levi.

— Eh bien, je ne peux pas être un membre actif de votre équipe, ce qui me rend triste, se plaignit Gunner. Mais si vous avez besoin de quelque chose, faites-le-moi savoir.

Levi l'étudia.

Merk avait conscience que c'était l'ouverture de conversation que Levi et Ice avaient cherché. Merk se mit debout, aida Katina à se lever et déclara :

— On va se promener dans le jardin. L'air frais fera du bien à Katina.

Il savait qu'ils imagineraient autre chose, et ils avaient raison. Il voulait quelques minutes seul avec Katina, mais, à juste titre, Katina avait besoin d'un peu d'espace. Il la conduisit à travers les portes-fenêtres vers le magnifique jardin à l'arrière.

Quand ils franchirent les portes, elle demanda :

— Tu m'emmènes ou tu leur donnes de l'espace ?

Il avait toujours su qu'elle était perspicace. Mais il n'avait pas réalisé à quel point.

Chapitre 11

— COMMENT JE vais payer ce service de sécurité ? demanda Katina dès qu'ils furent dehors en plein soleil.

Elle tourna son visage pour laisser les rayons solaires rebondir sur sa peau. Il était si difficile de concilier la lumière éclatante du monde extérieur et ces sujets lourds et effrayants qui se déroulaient dans cette pièce. Elle savait qu'il s'agissait d'une seule et même chose, de deux faces d'une même existence, mais elle préférait vivre au soleil.

— Anna n'a pas beaucoup d'argent, et moi non plus.

— Laisse-nous nous occuper de ça, dit Merk à voix basse. Surtout si c'est la période d'essai pour Flynn. On devait le faire de toute façon. C'est une petite mission parfaite pour voir comment il la gère.

Elle hocha la tête.

— Donc vous le prenez en tant que bénévole ?

Merk haussa les épaules.

— Parfois, on doit y consentir. Certains de nos clients peuvent payer, d'autres non. C'est une question d'équilibre.

Elle pivota pour le regarder fixement. Elle avait été instantanément attirée par lui, les deux fois. Elle passa son bras dans le sien et suggéra :

— Marchons un peu. J'aimerais oublier tout ce qui se passe.

— Tu vis avec le stress depuis des jours, des semaines,

admit-il. Ce serait dur pour n'importe qui.

— Oui, mais je n'avais pas vraiment mesuré les répercussions.

Elle regarda les roses – une bonne douzaine de plants, tous en pleine floraison. Elles étaient magnifiques. Elle tendit la main pour caresser les doux pétales.

— Je me sens mal à propos d'Eloise.

— Comment était-elle ?

Elle se tourna pour le regarder.

— Fouineuse. C'était une de ces personnes qui posaient toujours des questions, du genre « Tu habites où ? », « Comment se fait-il que tu ne sois pas mariée ? », « As-tu déjà été sur le point de te marier ? »

Elle orienta ses yeux vers les marguerites et continua :

— Au début, c'était vraiment irritant. Mais ensuite je me suis rendu compte que c'était simplement une personne grégaire. Elle aimait être au courant de ce que les autres faisaient et pensaient à tout moment. Parfois, je la repoussais. Parfois, je lui disais.

Elle haussa les épaules.

— Je ne lui ai jamais parlé de notre mariage.

Elle s'avança vers un parterre de belles fleurs bleues et dit :

— Je ne vois pas beaucoup d'ancolies.

Elle s'accroupit à côté du jardin et montra du doigt les différents types devant elle.

— C'est ce parterre-là.

Elle les étudia un long moment, frappée par une pensée.

— C'est l'une des fleurs les plus délicates qui soient. Pourtant, c'est étonnant de voir à quel point elles survivent dans des conditions difficiles. Elles se reproduisent aussi assez facilement, compte tenu de leur fragilité.

Elle se redressa et erra un peu plus. Il restait toujours à quelques pas derrière elle. Finalement, quand elle trouva le courage, elle pivota et demanda :

— Tu crois vraiment que je suis en danger ?

Il ne se retint pas, il n'en était pas capable.

— Oui. Je le crois.

Elle observa ses doigts serrés les uns contre les autres.

— Je peux rester avec vous au complexe, ou dois-je m'organiser pour aller ailleurs ? Pas nécessairement chez mon oncle, mais quelqu'un de très éloigné ?

— Le complexe n'est pas la meilleure idée, mais c'est mieux que de quitter le pays.

Son visage se transforma en un sourire en coin.

À ce moment-là, sa figure se crispa.

— Pourquoi ?

— Parce qu'il est fort probable que cela déclenche une alerte indiquant que tu voyages au Canada avec ton passeport.

Il ajouta joyeusement :

— Relax. Levi va trouver une solution. Mais ce ne sera pas au Canada.

Lorsqu'ils retournèrent à l'intérieur, les hommes étaient tous assis ensemble à élaborer des plans. Merk se tint dans l'embrasure de la porte.

— Quand est-ce qu'on part ?

Sans lever les yeux, Levi répondit :

— Cet après-midi.

S'avançant à côté de lui, Katina demanda :

— Où va-t-on ?

Elle glissa sa main dans celle de Merk et apprécia le fait que ses doigts se refermaient solidement autour des siens.

Levi se retourna soudainement et la dévisagea.

— Si tu veux vraiment le savoir, je te le dirai. Mais il vaut mieux que tu ne le découvres pas tout de suite.

— Est-ce que je quitte le pays ?

Il secoua la tête.

— Non, on a beaucoup d'endroits dans le pays où on peut envoyer des gens.

Elle orienta son regard interrogateur vers Merk.

Il sourit.

— Des maisons sécurisées. Nous en avons ou avons accès à une bonne douzaine.

Sa bouche était légèrement ouverte alors qu'elle considérait cela.

— Waouh ! Je n'aurais jamais cru que c'était possible.

Qui savait qu'une telle chose existait en dehors des forces de l'ordre ?

Ce fut alors qu'un domestique entra dans la pièce et annonça :

— Le déjeuner sera servi dans dix minutes.

Gunner fit un signe de la main dans sa direction et dit :

— Merci, Bruno.

Katina regarda le mâle massif repartir.

— Vous êtes tous sous stéroïdes ou quoi ? Comment tout le monde peut faire cette taille ?

— Quand on a l'habitude de travailler uniquement avec du personnel militaire, expliqua Merk, il est naturel d'avoir des amis et des personnes de confiance, et de les garder près de nous. Dans le cas de Gunner, il a employé plusieurs de ses anciens associés militaires.

— Déjà entraînés, comprenant la loyauté et sachant se taire, n'est-ce pas ?

Merk l'observa et sourit.

— Exactement.

Cinq minutes plus tard, ils entrèrent dans une grande salle à manger.

Merk la conduisit à la table, dressée et prête pour eux. Très vite, le reste de la pièce se remplit – avec beaucoup plus de personnes que ce qu'elle avait vu jusqu'à présent. Un déjeuner froid composé de sandwiches, de salades, de roulés aux saucisses et de tartes était étalé devant eux. Tout avait l'air délicieux. Et elle était affamée.

Elle regarda Merk se servir avec soin quelques sandwiches et petits pains, puis lui donna un coup de coude et dit :

— S'il te plaît.

Avec un rictus, il ajouta deux choses dans son assiette. Elle l'observa d'un air triste. Il rit et en ajouta une autre.

Au bout de la table, Gunner prit la parole.

— Il y a beaucoup de nourriture, Katina. Tu ne mourras pas de faim ici.

— C'est une bonne chose, se réjouit-elle avec un grand sourire. Parce que j'ai faim. Je pourrais probablement battre Merk.

— Elle le pourrait probablement, confirma Merk en riant.

Cela donna le ton du déjeuner. Conversation joyeuse, bonne nourriture. Le tout suivi d'un plateau de desserts avec un merveilleux café torréfié. Elle ignorait quelle sorte de café c'était, mais il était riche et épais. Elle recula dans sa chaise et sourit.

— Vous savez vraiment comment vivre, Gunner.

— Ma chère, dit-il d'une voix très sérieuse. Après de nombreuses années passées à penser que j'allais probablement mourir, j'ai appris une très dure leçon. Il s'agit de vivre chaque jour comme si c'était le dernier. Et cela permet de vivre très bien.

Il leva son verre de vin et le brandit en déclarant :

— Santé.

Elle leva sa tasse de café.

— Je n'ai pas encore appris cette leçon. J'ai l'impression que tout ce que je fais depuis des semaines, c'est courir.

— Il y aura une fin à tout ça, promit-il.

Moins d'une heure plus tard, ils étaient dans le camion, en direction du complexe. Levi et Ice restèrent derrière pour travailler sur certaines choses. Katina pensait que cela leur donnerait aussi une chance de prendre un peu d'avance pour voir si quelqu'un les suivait. C'était étrange de savoir qu'elle faisait partie d'un convoi. Mais cela l'apaisait. Elle se sentait en sécurité.

Et maintenant, pour la première fois depuis longtemps, elle avait des gens en qui elle pouvait avoir confiance pour l'aider. Quelle sensation grisante.

Quand ils pénétrèrent dans l'enceinte, elle n'avait plus le même sentiment de choc. Jusqu'à ce qu'elle réalise que sa voiture n'était plus là. Elle sursauta.

— Où est ma voiture ?

— Alfred l'a mise dans un des garages pendant notre absence pour qu'elle soit hors de vue.

— Oh !

Elle s'affaissa de nouveau.

— Je n'aurais pas pensé à ça.

— Si, tu y aurais pensé. Mais pas tout de suite. Et tu n'as pas besoin d'y songer maintenant. C'est notre travail. Fais-nous confiance.

Elle hocha la tête. Après s'être garé et avoir éteint le moteur, il se tourna vers elle et lui dit :

— Maintenant, va préparer tes bagages. Tu peux avoir

deux sacs maximum, un grand et un petit. Prévois des affaires pour les soirées froides, mais les journées chaudes.

Elle fronça les sourcils.

— Des soirées froides ou uniquement des soirées avec des pulls ?

Elle branla du chef.

— Je ne pense pas avoir quelque chose pour les soirées froides.

— Des pulls feront l'affaire.

Elle ouvrit la porte et se glissa dehors. Ils marchèrent ensemble dans l'enceinte. Sienna, Stone, Lissa et Alfred les attendaient. Lissa donna à Merk un bloc-notes et une enveloppe.

— Contacts, clés, carte d'entreprise.

Stone dit :

— Vous passez à une location à Houston.

Il lui tendit les informations.

Merk hocha la tête, accepta les deux et annonça :

— On fait les bagages et on part dans trente minutes.

Alfred s'avança avec un grand panier à la main. Il le brandit vers Merk.

— Nourriture de voyage. Si vous avez besoin de plus, vous devrez vous arrêter et prendre quelque chose en chemin.

Merk regarda la taille du panier et gloussa.

— Je sais qu'elle aime manger, les gars, mais…

— J'espère que cela vous suffira pour votre premier jour, indiqua Alfred. Après ça, il faudra faire des courses.

Sienna sourit à Katina.

— Que penses-tu de devenir brune ?

Les sourcils de Katina se levèrent, mais elle comprit immédiatement.

— Je préférerais être rousse, mais brune, c'est très bien.

Les deux femmes se dirigèrent vers sa chambre. Sienna réussit à teindre et à rincer les cheveux de Katina, puis à les sécher suffisamment pour qu'elle puisse les tresser sans avoir une natte détrempée qui lui coule dans le dos. Elle enfila rapidement des vêtements de voyage avec un pull et des baskets. Elle garda son jean et un t-shirt sous le pull. Puis elle prépara ses bagages.

Un sac dans chaque main, elle jeta un dernier regard dans la pièce et se tourna pour fixer Sienna.

— Je crois que je suis prête.

Sienna l'entraîna dans le couloir en disant :

— Tout ira bien. Merk s'occupera de toi.

— Je sais. Il l'a toujours fait.

— Je pense que c'est génial que vous vous soyez mariés tous les deux. De toute évidence, il y a encore quelque chose.

Katina secoua la tête.

— Aucune idée. Cette unique nuit était géniale, mais on a divorcé le lendemain matin… C'était brutal.

Les deux femmes éclatèrent de rire en retrouvant le groupe dans le couloir. Merk se tenait là avec ses sacs, prêt à partir.

Il la regarda, en hochant la tête.

— Jolis cheveux.

— Merci.

Il sourit et suggéra :

— On y va ?

Elle prit une profonde inspiration et acquiesça :

— Oui, absolument.

INTÉRESSANT. IL S'ÉTAIT demandé si elle allait revenir sur sa décision au tout dernier moment, mais apparemment elle avait décidé de leur faire confiance et était prête à le suivre. Bien. Cela rendrait les choses beaucoup plus faciles s'il n'avait pas à la combattre. Parce qu'il avait l'intention de la protéger, qu'elle le veuille ou non.

Une fois que tout fut chargé et que tous deux eurent bouclé leur ceinture, il klaxonna légèrement. Il savait que Levi et l'unité suivaient le véhicule. Ils accompagneraient Merk jusqu'au bout.

Katina et lui se dirigeaient vers le Nouveau-Mexique, une route pas trop longue, mais suffisamment. Lorsqu'ils atteignirent l'autoroute principale, il lui annonça qu'ils avaient plusieurs heures de trajet, alors elle s'installa le plus confortablement possible sur le siège avant.

— Est-ce que Gunner a déjà établi le lien entre Flynn et Anna ?

— Je crois savoir que Gunner lui a parlé. J'ignore quel a été le résultat final. Dès qu'ils auront réglé quelque chose, ils nous en informeront.

— Bien sûr. Et en attendant ?

Elle pivota vers Merk pour l'étudier et ajouta :

— Peut-être qu'on devrait rester avec elle jusqu'à ce qu'ils trouvent quelqu'un.

Il secoua la tête.

— Non. On t'emmène loin d'ici. Flynn va aider Anna.

Il ne prit pas la peine de regarder dans sa direction. Les portières de la voiture avaient été verrouillées, et ils avaient fui la ville, à toute vitesse. Pas question qu'ils retournent faire du baby-sitting. Quelqu'un d'autre pouvait effectuer ce travail. Il avait confiance en Levi pour que cela arrive.

— As-tu contacté ton oncle ? la questionna-t-il.

Il détestait aborder le sujet, mais il était possible que quelqu'un s'en prenne à lui.

— Il voyage beaucoup en temps normal, donc je ne savais pas s'il serait chez lui en ce moment. De plus, j'avais encore peur de lui attirer des ennuis.

Elle soupira.

— Tout un tas de possibilités négatives encombrent mon esprit.

— Ne te fais pas de soucis pour le moment. On en a assez pour tout le monde.

Son rire était amer.

— Tu crois ? Si quelqu'un d'autre que je connais meurt…

— N'y pense pas, dit-il fermement.

Il roula régulièrement, s'arrêtant une fois à Washington, au Texas, pour faire une pause essence. Lorsqu'ils remontèrent dans le camion, elle considéra le panier, puis lui, et demanda :

— Je regarde ce qu'Alfred a préparé pour nous ?

Il lui adressa un signe de la main.

— Absolument. Je commence à avoir faim moi aussi.

Elle plongea dans le panier et en sortit de grands sandwiches joliment emballés, un thermos avec peut-être deux portions de quelque chose, et ce qui ressemblait à une sélection de tartes salées et de pâtisseries faites à la main. Ses roucoulements de plaisir le poussèrent à sourire.

— Alfred est un sacré cuisinier.

Elle déballa rapidement un sandwich et lui en tendit une moitié.

Alors qu'il étudiait la création qu'il tenait dans sa main – un gros pain noir épais et multigrains rempli de légumes, de viande et de fromage –, Merk hocha la tête.

— C'est tout lui.

Ils dévorèrent leurs moitiés en un rien de temps. Elle fut

occupée à ouvrir un deuxième sandwich, puis un troisième. Il se dit qu'elle devait être rassasiée quand elle eut cessé de dépaqueter les sandwiches, puis la retrouva en train d'examiner les petites tartes. Elle lui en proposa une et prit la deuxième pour elle. Cela ressemblait à des quiches miniatures. Il la finit en trois bouchées alors que Katina se recroquevilla dans un coin et gémit en mangeant lentement la sienne.

Il sourit. Elle était très sensuelle dans tout ce qu'elle accomplissait. Simplement un autre exemple de ce qui l'intriguait. Une fois la première vague de faim calmée, elle put s'asseoir, se détendre et savourer sa quiche.

Il aimait vraiment ça chez elle. Un moment pour être sous haute pression et un autre pour être détendu. Elle paraissait suivre ses instincts dans un rythme naturel qui permettait ce type de tempérament binaire.

C'était une bonne chose. Si elle était en mesure de se détendre maintenant, il espérait que cela signifiait aussi qu'elle serait prête à courir à tout moment. Dieu savait qu'il pourrait en avoir besoin.

D'après ce qu'il savait, ils n'avaient pas été suivis.

Mais cela ne signifiait pas que quelqu'un n'était pas à leur recherche.

Il devait se rendre au nouvel endroit aussi vite que possible et s'y cacher. Peut-être pendant des semaines. Était-elle au courant de ça ?

D'un autre côté, il était d'accord avec ça et avait hâte de passer du temps seul avec elle. Tous les gars lui pardonneraient d'avoir pensé que c'était une occasion trop belle pour la laisser passer. Il avait conscience qu'ils avaient vécu un moment inoubliable au lit ensemble. Maintenant, tout ce à quoi il parvenait à songer, c'était au fait qu'elle avait changé et mûri au lit et que ce serait encore mieux. Après tout, il aimait déjà ce modèle plus âgé d'elle…

Il émit un grognement discret. C'était un imbécile. Parce que même si elle n'était pas exactement la même qu'avant, elle serait aussi sacrément sexy maintenant. Et une chose n'avait pas changé : il la voulait de toutes les façons possibles.

Chapitre 12

ILS S'ARRÊTÈRENT DANS un des quartiers périphériques d'Albuquerque. Elle aimait le changement de paysage. C'était vraiment magnifique. Sans parler de la couleur rougeâtre des collines. Quand il s'approcha d'une petite maison en adobe nichée dans la colline, elle sourit.

— C'est ici qu'on va rester ? C'est adorable.

Il opina du chef.

— Oui, c'est une de nos maisons.

— Et vous venez passer des vacances ici ? Parfait.

Il secoua la tête.

— On voyage dans le monde entier, dit-il. Il y a d'autres endroits où passer des vacances.

Elle soupira.

— Je suis une fille simple. Cela convient parfaitement à mon cœur.

Elle ouvrit la porte du camion et se glissa dehors.

— Attends, ordonna-t-il sèchement. Laisse-moi vérifier que tout est en ordre.

À ce moment-là, elle se figea. Ses mots lui rappelèrent qu'elle n'était pas en vacances, de quelque façon que ce soit. Elle se mit devant le véhicule et attendit.

Il se dirigea vers l'entrée principale, déverrouilla rapidement la porte et entra. Elle ne savait pas quoi penser. Elle comprenait pourquoi ils étaient là, mais, pendant un instant, il était agréable d'imaginer que c'était pour une raison totalement différente. Quand il ressortit et lui adressa un grand sourire, elle comprit que c'était bon.

Elle descendit du camion le panier qu'Alfred avait envoyé avec eux. Il était encore lourdement chargé, mais elle avait conscience qu'il ne durerait pas plus d'un jour ou deux. Elle le porta et pénétra dans l'entrée de la maison pendant que Merk retournait au véhicule pour prendre ses sacs. Un thème aztèque décorait l'intérieur, simple et agréable, avec des sols intéressants et ce qui ressemblait à des murs en plâtre avec des pierres et des briques mélangées. Un peu de vieux mêlé à un peu de neuf.

Elle aimait ça.

Tout ça.

Elle posa le panier et explora les lieux. Trois chambres se trouvaient à l'étage, une avec une salle de bain, et les deux autres en partageaient une. En regardant par les fenêtres la petite communauté nichée dans les contreforts, elle sourit. Elle n'avait pas eu l'occasion d'aller dans beaucoup d'endroits dans sa vie, et elle n'était jamais allée au Nouveau-Mexique. C'était parfait. Non, c'était mieux que parfait. Ce n'était peut-être pas des vacances, mais elle comptait en profiter.

Riant toujours comme une idiote, elle descendit en courant et vida le panier. Elle observa, avec un rictus, Merk qui portait les sacs à l'étage. Bien. Il pouvait prendre une des chambres avec la salle de bain commune. Elle voulait la suite. Mais ce n'était pas juste.

Quand elle eut vidé le panier et rangé la nourriture dans le réfrigérateur et les placards, elle remarqua la cafetière et un paquet de café moulu. Encore mieux. Elle s'y dirigea immédiatement et réalisa qu'elle n'avait aucune idée de la quantité à mettre dedans. Elle fit une bonne estimation. Elle pouvait toujours ajuster la quantité pour la prochaine cafetière.

Quand elle eut terminé et n'eut toujours aucun signe de Merk, elle supposa qu'il s'était perdu dans son ordinateur ou qu'il parlait à son unité dans le complexe. Elle versa deux tasses et partit à sa recherche. Bien sûr, elle le trouva dans une pièce à l'arrière du rez-de-chaussée, aménagée en bureau.

Il avait son ordinateur portable et son matériel prêt à l'emploi. Avec son casque sur les oreilles, il discutait avec Levi.

— OK, c'est bon à savoir. Je vais lui dire que Flynn est déjà au refuge.

Il écouta un peu, puis un sourire s'afficha sur son visage.

Elle posa son café sur le bureau.

— Laisse les choses évoluer entre ces deux-là, déclara-t-il. Je t'informerai une fois qu'on sera installés et qu'on ira en ville pour faire quelques achats. Je prendrai des nouvelles de Freddy quand je serai là-bas.

Il raccrocha peu après et dit :

— Merci pour le café.

— Alors ? Des nouvelles d'Anna ? demanda Katina.

— Flynn a accepté de lui assurer une sécurité personnelle.

Il marqua une pause pendant une seconde.

— Je suppose que la réunion n'a pas été très amicale. Elle n'a pas apprécié sa présence.

Katina grimaça.

— J'aurais dû la prévenir. S'il était entré avec un peu d'arrogance, elle l'aurait coupé en morceaux.

Merk rit.

— C'est ce qu'il a fait. C'est un personnage. Mais c'est un homme bon. C'est un meilleur soldat encore.

— OK, alors, le reste n'a pas vraiment d'importance. Tant qu'elle reste en sécurité. Elle me détestera peut-être quand ce sera fini, mais si ça signifie qu'elle est en vie, ça me va.

— Levi veut que tu prennes contact avec ton oncle, annonça Merk. Seulement pour être sûr qu'il est en sécurité.

Elle sortit son portable à ce moment-là et trouva le numéro de son oncle. Une fois de plus, il sonna et sonna.

— Pas de réponse, dit-elle à Merk. Et pas de messagerie vocale.

— OK, quel est son nom ? J'envoie les détails à Ice et Levi pour voir s'ils arrivent à retrouver son passeport.

Elle lui donna rapidement le nom, l'adresse et le numéro de téléphone.

— Peut-être que quelqu'un pourrait vérifier physiquement qu'il va bien ? suggéra-t-elle calmement. Il vit à la campagne, donc il faut que ce soit la RCMP qui passe.

Il acquiesça.

— Je ne sais pas si Levi connaît quelqu'un là-haut ou pas.

— Je suis sûre que Levi connaît quelqu'un partout, avança-t-elle avec un grognement. Cet homme a des relations.

— Il en a. Gunner serait en mesure d'aider aussi.

— Et tu n'as pas dit que vous aviez quelqu'un en Angleterre ? demanda-t-elle, n'ayant qu'une vague idée de la façon dont tout cela fonctionnait.

— Ce serait Charles en Angleterre, et il pourrait très bien savoir comment retrouver ton oncle aussi.

Merk fronça les sourcils et continua à taper.

Elle ignorait s'il envoyait un e-mail ou s'il était dans un salon de discussion sécurisé. Tout ce qu'ils faisaient la dépassait.

— Ice a des informations. Plusieurs membres du conseil d'administration de Bristol and Partners Ltd. se sont écrasés dans un avion privé. Les autorités supposent qu'il n'y a pas de survivants.

Il leva son regard perçant pour l'étudier.

— As-tu déjà rencontré l'un d'entre eux ?

Elle s'enfonça lentement dans une chaise et le fixa sous le choc.

— Aucune idée. On avait des PDG là où je travaillais, mais je ne sais pas si l'un d'entre eux était à la tête de Bristol.

Elle secoua la tête.

— Je n'ai pas vraiment eu affaire à l'un des membres du conseil d'administration. Je ne suis même pas sûre de connaître leurs noms.

Il opina du chef.

— Et ça n'a peut-être rien à voir avec les données que tu as recueillies.

— D'un autre côté, comment cela pourrait-il ne pas être le cas ? s'offusqua-t-elle. Réfléchis-y. J'ai trouvé tous ces renseignements, et des gens liés à cette même société meurent maintenant.

Elle secoua la tête en regardant par la fenêtre la plus proche de lui, tout en étudiant les formations rocheuses sans vraiment les voir.

— Je me demande quel genre de chantages ont lieu dans l'entreprise. Ces personnes, les directeurs, étaient-elles responsables des données que j'ai mises au jour ?

— Arrête, lui intima-t-il brusquement. Ce n'est pas ta faute.

Elle retourna ses yeux vers lui, mais sa lèvre inférieure trembla.

— Tu es sûr ? Mais, si j'avais laissé tomber… C'est seulement de l'argent. Et même s'ils volaient de l'argent, s'ils fraudaient le fisc ? Est-ce que ça m'intéresse vraiment ?

Elle branla du chef.

— Pas en comparaison avec la perte de vies humaines.

— Et tu n'as pas le droit de poser cette question, ajouta-t-il calmement. Parce que s'ils avaient déjà fait ça, tu n'as aucune idée de ce qu'ils ont commis d'autre, comme avec Eloise. Et, pour ce que tu en sais, une partie de cet argent est blanchie à partir de transactions de drogue ou de réseaux de trafic sexuel. À ce stade, quelqu'un doit prendre position et mettre un terme à tout ça. Tu l'as fait. Ne te remets pas en question maintenant. C'est trop important.

Elle regarda ses mains.

— J'en suis consciente. Vraiment, j'en suis consciente. C'est simplement difficile de voir la cause et l'effet de ses propres actions.

— En étant du côté du bien, tu n'auras plus jamais à te poser la question. Parce que, même si tu ne connais pas le résultat, tu dois croire que ce que tu entreprends est la bonne chose.

Il enleva son casque et se leva.

— Allons nous promener. C'est une belle petite ville. Personne ne sait qui on est, et on peut jouer les touristes.

Elle termina son café en plusieurs gorgées et dit :

— Ce serait charmant.

Elle remit les deux tasses dans la cuisine et éteignit la cafetière.

Devant la porte d'entrée, elle s'arrêta et scruta autour d'elle. Difficile d'imaginer qu'ils soient susceptibles de ne pas être en sécurité ici avec la somnolence idyllique de la région.

Merk s'approcha d'elle, verrouilla la porte, puis tendit la

main. Sans hésiter, elle y plaça la sienne. Et ensemble, ils marchèrent vers la ville.

IL AVAIT PEUR de lui parler de l'accident d'avion. Il savait que ce serait dur d'entendre que d'autres personnes souffraient ou avaient été tuées à cause de ses actions. Mais elle ne pouvait pas le voir de cette façon. Parce que la réalité n'était pas comme ça. Ces gens s'étaient mis sur cette voie longtemps auparavant. Il ignorait si l'accident d'avion était lié. Mais, comme elle, il devait supposer que oui. La coïncidence était un peu trop accablante. Comme l'exécution d'Eloise.

Merk conduisit Katina dans une série de chemins étroits. Il avait passé une semaine ici un an plus tôt et avait vraiment apprécié. C'était un endroit agréable pour se cacher pendant quelques jours.

Il avait plusieurs autres lieux, et, si celui-ci était compromis, ils se déplaceraient de nouveau. Mais pour l'instant, il avait prévu de l'emmener dîner dans un excellent petit restaurant du centre-ville.

C'était la fin de l'après-midi. S'ils avaient de la chance, il serait en mesure d'aller à l'atelier de réparation et de trouver Freddy. Ensuite, ils auraient la possibilité d'explorer un peu, puis ils pourraient s'asseoir, manger et se reposer. Tout pouvait être fait à pied ici, pas besoin de conduire. Cela aiderait, parce qu'il conduisait un gros camion, et, bien que ces véhicules soient communs ici, il serait évident qu'ils étaient des étrangers en ville.

Quelle belle période de l'année avec les jardins et les arbres. Il n'y avait pas beaucoup d'arbres, mais, le peu qu'il y en avait, ils étaient lumineux et gais. L'après-midi avait apporté une faible chaleur. Il lui avait dit d'apporter des vêtements pour le froid, cependant, à l'époque, il pensait qu'ils allaient vers les montagnes du Colorado. La nuit, il ferait encore froid ici. Il espérait qu'elle avait aussi pris des t-shirts et des shorts.

Une fois qu'ils eurent traversé la ville, et qu'elle eut l'occasion d'admirer le caractère pittoresque et la simplicité de l'endroit, il la conduisit à un atelier de réparation de téléviseurs au bout de la rue. Il était content que Freddy n'ait pas à dépendre de ce commerce pour ses revenus. Il n'y avait plus beaucoup de gens qui réparaient les téléviseurs. Elles étaient des produits jetables de nos jours.

Il bricolait d'autres appareils électroniques, mais, pour Merk, presque tous les appareils électroniques cassés – autres que les ordinateurs que l'on pouvait reconstruire soi-même – tombaient dans la même catégorie : les déchets. Il poussa la porte et la laissa entrer devant lui.

Une fois à l'intérieur de la pièce miteuse, il se retourna pour étudier les murs d'électronique poussiéreux. Ce n'était pas un bon déguisement pour ce qui se passait réellement dans le fond du magasin, mais cela semblait fonctionner pour Freddy. Au comptoir de l'entrée, Merk appuya sur la cloche. Et attendit. Finalement, il entendit des bruits de pas à l'arrière. Et c'était en réalité rassurant, car cela signifiait que Freddy était toujours là.

Alors qu'il attendait, le vieil homme traversa les longues lignes de perles, les laissant s'entrechoquer lorsqu'elles retombaient en place. Merk regarda le visage de Katina qui examinait les perles et sourit. Il pivota vers Freddy et lança :

— Ça fait longtemps, Fred.

La figure de Freddy s'illumina de façon magnifique. Ils se serrèrent la main au-dessus du comptoir. Merk passa un bras autour des épaules de Katina et la serra contre lui.

— Et voici Katina, ma petite amie, annonça-t-il avec un grand sourire.

Il trouva intéressant de ne remarquer aucun signe de surprise chez Katina. Mais, encore une fois, ils devaient jouer des rôles d'une certaine manière. Celui-ci était tout à fait logique. La seule question était de savoir jusqu'à quel point il allait essayer de s'engager dans une relation. Il pensait que « petite amie » serait le plus facile pour elle.

— Qu'est-ce que tu fais en ville ? demanda Freddy avec un grand rictus qui laissait apparaître des dents de devant manquantes.

Freddy était une brute à son époque, un boxeur sur un ring où il avait perdu des dents, eu quelques os brisés et pris plus que quelques coups à la tête. Toutefois, contrairement à beaucoup de boxeurs, il était encore en pleine forme à la fin de la soixantaine.

Merk avait conscience qu'un de ces jours, il arriverait en ville et constaterait que personne ne répondrait au son de la cloche.

— On est simplement ici pour une semaine de vacances, prétendit Merk. On s'éloigne du stress de la vie. On avait besoin de se détendre un peu.

Freddy hocha la tête avec sagesse.

— Le stress vous tuera, prévint-il. Je t'ai toujours dit de déménager à la campagne et de te lancer dans l'agriculture ou autre chose.

Merk éclata de rire.

— Je ne pense pas que je m'entendrais avec l'agriculture. Je serais capable de gérer les machines sans problème, mais m'occuper des animaux et planter les acres ? Pas question.

Freddy gloussa.

— Non, tu n'as vraiment pas l'air d'un jardinier.

Il étudia Katina et lui adressa un sourire édenté.

— Comment peux-tu vouloir de ce type ? Tu es sûre que quelqu'un de mieux n'était pas dans le coin ?

Elle afficha un beau rictus et rétorqua :

— Non, je n'ai jamais eu de doute. Merk est fait pour moi.

Merk serra ses doigts autour de son épaule un peu plus fort que prévu. Mais ses mots percèrent son bouclier protecteur. Soit elle était une très bonne actrice, soit elle pensait ce qu'elle disait. Il avait désespérément envie de lui poser la question.

Ils échangèrent encore quelques banalités, puis Merk demanda :

— Il y a du nouveau dans le coin ?

— Ça dépend, répondit Freddy en se mettant immédiatement au travail. Ces dernières vingt-quatre heures ?

— On vient d'arriver, alors ce serait bien de savoir si quelque chose est arrivé avant nous.

Freddy secoua la tête.

— Rien de ce que j'ai entendu. Pas d'étrangers, pas de nouveaux véhicules, mais, tu sais, c'est encore trop tôt. Soyez avertis.

Merk opina du chef.

— Préviens-nous si tu entends quelque chose.

— Ou vois quelque chose ? surenchérit Freddy.

Son regard bleu perçant se rétrécit.

— J'ai un nouvel équipement si tu veux jeter un coup d'œil.

Merk avait très envie de jeter un coup d'œil. Il hocha la tête avec désinvolture.

— Bien sûr, avec plaisir.

Freddy les conduisit à l'arrière du magasin, et Merk sourit au souffle de surprise de Katina. Alors que l'entrée était un vieux magasin poussiéreux et douteux où tout le monde semblait s'en foutre, l'arrière-boutique était tout le contraire : tout brillait, resplendissait et était rempli d'appareils électroniques haut de gamme.

Merk s'approcha d'un des énormes moniteurs installés sur un système à gauche et dit :

— Satellite ? Comment as-tu obtenu la connexion ?

— Je ne cite jamais mes sources.

Il gloussa et s'assit sur sa chaise. En quelques clics, ils eurent une vue d'ensemble de toute la ville. Il déplaça les caméras vers la maison où ils se trouvaient.

— Maintenant, vous voulez bien regarder ça ? les invita Freddy.

— Superbe. Tu as certainement apporté quelques améliorations depuis la dernière fois que je suis venu.

— Yep. Je travaille pour mes amis, partout dans le monde. Toute excuse pour un nouvel équipement est une raison d'acheter de nouveaux jouets.

Merk ricana.

— C'est vrai.

Il se pencha pour étudier la ville, réalisant qu'ils étaient en mesure de voir des gens marcher dans les rues. Il ne reconnut personne.

Freddy demanda :

— Tu utilises toujours le même téléphone ?

— Je vais te donner un nouveau numéro.

Il lui communiqua rapidement celui du portable qu'il gardait dans sa poche.

— S'il y a une urgence, utilise ce numéro et appelle-moi immédiatement.

— Qui dois-je faire payer ?

— Contacte Ice. Je pense que ce sont toujours les mêmes comptes, mais qui sait ? Ce sont ses affaires.

— D'accord. Au fait, il y a un nouveau petit restaurant en ville, par là. Un bistrot français, précisa-t-il avec une torsion des lèvres en accentuant le dernier mot. Je ne connais pas son nom. La plupart des plats ont une appellation fantaisiste que personne ne parvient à prononcer, mais la nourriture est sacrément bonne.

Sur cette note, Merk fit tourner Katina et la conduisit vers la porte d'entrée. Au dernier moment, il pivota et dit :

— Rien d'intéressant depuis un an dans le coin ?

Freddy secoua la tête.

— Non, rien. L'endroit est mort. Et c'est comme ça que je l'aime. Je vais bientôt le rejoindre.

Et il gloussa de rire.

— Y a-t-il quelque chose dans d'autres parties du monde susceptible de m'intéresser ?

Freddy rétrécit son regard et l'étudia, puis répondit :

— Peut-être. Laisse-moi y réfléchir.

Merk opina du chef. Freddy était toujours une bonne source d'informations et était au courant des trucs inhabituels.

— J'ai une autre adresse intéressante. Ça ne me dérangerait pas que tu la surveilles.

Freddy hocha la tête.

— Il y aura des frais supplémentaires cependant.

Merk opina du chef.

— Ce n'est pas un problème. Ice n'aura pas de problème non plus. Il suffit de l'appeler.

Il donna le nom du refuge et l'adresse.

— La propriétaire qui gère l'endroit a un lien potentiel

avec une affaire de meurtre aux longs tentacules.

Freddy fronça les sourcils.

— Personne ne devrait toucher aux femmes à notre époque. Je vais faire ça gratuitement.

Il ricana.

— Je suppose que vous avez quelqu'un qui monte la garde ?

C'est alors que Merk se souvint que Freddy connaissait Flynn et rit.

— Ça va te plaire. Flynn y est.

La mâchoire de Freddy s'ouvrit.

— Ah ! C'est parfait. Comment tu t'y es pris pour qu'il accepte ça ?

Merk secoua la tête.

— Je n'ai rien eu à voir avec ça. C'est Levi.

— Mais où est Logan ? Je pensais qu'il serait ici avec toi.

Merk sourit.

— Logan est en Californie, il protège une artiste. Une chanteuse, je crois.

La mâchoire de Freddy se décrocha pour la deuxième fois.

— Vraiment ? C'est trop drôle. Qui aurait cru que Logan tomberait si bas qu'il deviendrait garde du corps ?

Merk surenchérit :

— Je ne pourrais jamais le faire, mais quelqu'un doit s'y coller, et Logan a été choisi.

Il branla du chef.

— Je pense qu'elle le connaissait peut-être déjà. Alors…

Il haussa les épaules.

— Logan a tiré la courte paille sur ce coup-là.

Freddy gloussa.

— Je suis content que tu sois passé. Il y a longtemps que

je ne me suis pas autant amusé. Rien que de penser à ces deux types va me faire rire pendant des années.

Avec un signe de la main, Merk conduisit Katina hors du magasin. En descendant le trottoir de la rue principale vers le restaurant, elle demanda :

— Qu'est-ce que c'était que ça ?

Il ricana.

— Simplement quelqu'un d'autre dont le monde n'a pas la moindre idée, mais qui garde un œil sur le monde. On utilise Freddy depuis des années. Levi le connaît depuis des décennies. Avec un peu de chance, il sera encore là quelques dizaines d'années, car, quand il s'agit de surveiller le ciel, il est excellent.

— Donc il peut vraiment veiller sur notre maison et sur Anna ?

— Et sur l'enceinte, ajouta-t-il avec un rictus. Et si on peut établir que ton oncle est chez lui, Freddy gardera un œil sur lui aussi.

— J'ignorais totalement que de telles choses étaient possibles, avoua-t-elle. Et, si j'avais su, j'aurais supposé que c'était géré par une agence gouvernementale, comme une organisation d'espionnage super secrète.

— D'une certaine manière, c'est ce qu'on est. N'oublie pas, on était tous des militaires de haut niveau dans le passé. On a seulement transféré ces compétences à l'arène civile privée. Obtenir l'équipement et mettre en place l'électronique, c'était un peu un défi. Mais on y arrive lentement.

Il glissa son bras dans le sien et poursuivit :

— Des gens comme Freddy nous donnent l'occasion de faire ce que nous faisons. Et c'est d'aider les gens comme toi. Je veux t'emmener dîner dans un petit restaurant au coin de la rue.

— Tu as dit dîner ? répéta-t-elle avec un trait d'humour. J'étais tentée de grignoter quand j'ai déballé le panier d'Alfred, mais je me suis retenue. Je suis affamée.

— Je n'ai aucune idée de l'endroit où tu l'as mis.

Pourtant, il aimait voir une femme manger. Il en avait assez de celles qui s'inquiétaient de consommer une petite salade. Il comprenait le besoin de maintenir l'image que les femmes entretenaient, mais être avec quelqu'un qui s'en fichait était une bonne bouffée d'air frais – et qui était toujours aussi belle.

Il garda un œil sur quiconque les suivait ou semblait les observer d'un peu trop près. Il ne s'attendait pas à trouver quelque chose d'anormal aussi rapidement, mais c'était toujours possible. Surtout après avoir rencontré Freddy. Si Merk était sur le radar de quelqu'un, le simple fait d'entrer dans la boutique de Freddy déclencherait l'intérêt.

Le restaurant était devant et au coin de la rue. Il montra du doigt les différents magasins.

— Cette ville est perdue dans le temps. Ils fabriquent du caramel à la main, et quelques petits cafés proposent encore des mokas à l'ancienne, si tu veux un espresso à l'italienne.

— Absolument, acquiesça-t-elle avec un sourire. J'espère qu'on aura l'occasion d'essayer quelque chose de différent chaque jour.

— C'est exactement mon intention. Il n'y a aucune raison pour qu'on ne puisse pas profiter de notre temps ici.

— Je dois toujours feindre d'être ta petite amie ? le questionna-t-elle en souriant. Même quand on n'est pas avec Freddy ?

— C'est encore plus important de le faire quand on n'est pas avec lui. Freddy est le seul qui comprend.

Il se tourna vers elle pour la regarder.

— Est-ce que ce sera difficile ?

— Non, déclara-t-elle avec un rictus. Honnêtement, il y a des jours que je m'accroche à ton côté. Rien n'est vraiment différent, à part des souvenirs inattendus que je n'avais jamais pensé à revisiter.

À l'entrée du restaurant, il s'arrêta et jeta un coup d'œil.

— Il est un peu tôt pour dîner. Veux-tu entrer et manger ou continuer à marcher ?

— Entrons et mangeons. Une promenade après nous fera du bien, et ensuite on pourra rentrer à la maison. Cela devrait m'aider à digérer ce que je vais engloutir pour le dîner, répondit-elle avec un sourire.

Il tint la porte ouverte et la fit entrer. Après un dernier coup d'œil, il la suivit. C'était l'un des cafés les plus confortables, et la nourriture avait toujours été bonne. En supposant que sa mémoire le servait bien.

Ils s'installèrent rapidement à une petite table près d'une grande fenêtre. Ils pouvaient observer la rue et voir si quelqu'un passait. Peu de gens étaient dehors, la plupart étant rentrés chez eux pour la journée.

Quand le menu fut posé devant elle, elle se pencha en avant et dit :

— Tu réalises qu'on ne s'est pas arrêtés à la banque et que je n'ai pas beaucoup d'argent.

Il s'approcha et couvrit sa main avec la sienne.

— Et tu te rends compte que tu n'as pas le droit d'utiliser tes cartes ? Parce que quiconque te cherche est à même de savoir quand elles sont utilisées. Donc cette semaine, tu dois oublier l'argent. On va couvrir le coût de tout. Et, oui, ça signifie que tu pourras toujours manger.

Merk fit un geste vers le menu.

— Commande ce que tu veux.

Chapitre 13

R ENTRER À PIED après le dîner était une bonne idée, car son estomac avait besoin de se remettre en place. La nourriture était excellente, mais riche. Elle avait peur que cela dérange son système.

Lorsqu'ils entrèrent dans la maison, elle sentit que la fatigue la tiraillait. Maintenant qu'ils étaient en sécurité et loin du danger, les vagues de tension et de stress avaient diminué, emportant toute son énergie avec elles. Elle bâilla.

— Désolée. C'est sorti de nulle part.

Elle se blottit contre Merk qui passa un bras autour de son épaule.

— Tu as tourné à vide pendant un long moment. Une bonne nuit de sommeil t'aidera.

— Avons-nous quelque chose à faire pendant notre séjour ici ? demanda-t-elle. Ou est-ce qu'on peut simplement se détendre, se promener, s'asseoir et parler ?

— J'ai du travail à effectuer sur l'ordinateur, mais à part ça, non. C'est un temps d'arrêt.

— Oh, bien !

Elle lui jeta un regard en coin et sourit.

— Ne me réveille pas avant 10 heures demain matin.

Il la regarda, les sourcils levés.

— Tu es sérieuse ? Dix heures ? C'est comme midi.

Mais il afficha un grand rictus.

— Donc pas midi. Je dis 10 heures, mais il y a des chances que je sois réveillée à 8 heures de toute façon.

— Eh bien, je serai debout à 6 heures, donc ça n'a pas d'importance. Tu peux dormir aussi tard que tu le souhaites.

Elle mit une casserole d'eau sur la cuisinière et fouilla dans les placards pour trouver du thé. Elle mit la main sur quelques sachets de thé suspects, mais n'était pas sûre de vouloir les essayer. Cependant, Alfred avait placé quelques citrons frais dans le panier. Elle en coupa un et se prépara une eau chaude au citron.

Merk l'observa et demanda :

— Qu'est-ce que tu cherchais ?

— Du thé, mais ça n'a pas d'importance.

— On ira faire les courses demain.

Il fouilla les placards pour voir ce qu'il y avait là, comme s'il dressait mentalement une liste dans sa tête. Il s'arrêta au réfrigérateur, et remarqua la quantité de nourriture qu'Alfred avait préparée et qui n'avait toujours pas été consommée.

— En réalité, si on prend un repas par jour, on aura probablement de la nourriture pour le reste de la semaine ! s'exclama-t-il. Alfred doit penser qu'on mange une tonne.

— Eh bien, il semble qu'on en ait mangé presque un tiers en venant.

Elle se mit à rire.

— Il n'est pas loin d'avoir tort.

Elle apporta sa boisson au citron dans le salon et s'assit sur le grand canapé. Merk s'étala sur le divan en face. Il n'était pas très tard, et, bien qu'elle soit fatiguée, elle ne l'était pas assez pour s'endormir. Elle rapprocha l'un des coussins d'elle et s'étira.

— Qu'as-tu fait juste après avoir quitté Vegas ? demanda-t-elle avec curiosité.

— Je me suis rendu au travail.

Il pivota pour la considérer.

— J'étais sérieux. Je suis allé à ma formation immédiatement après.

Elle hocha la tête.

— Je ne pensais pas que tu avais menti.

— À Vegas, je crois qu'on peut s'attendre à ce qu'il y ait des mensonges.

Cela la fit rire.

— Comme j'étais à l'université à l'époque, je suis retournée sur le campus avec Anna et les autres filles qui étaient avec nous. Comme on était en groupe, mon absence n'a pas été remarquée comme elle l'aurait été s'il n'y avait eu qu'Anna et moi. Elles nous ont vus toi et moi, bien sûr, alors j'ai été bien embêtée sur le chemin du retour, mais je n'ai jamais rien dit.

— Mais tu as parlé de nous à Anna ?

— Oui, mais pas tout de suite.

Elle passa ses doigts dans ses cheveux, laissant les mèches de la tresse se défaire.

— Et c'est une bonne chose que j'aie attendu parce qu'elle était assez choquée et horrifiée comme ça. Si je lui en avais parlé tout de suite, elle aurait crié sur tout le chemin du retour.

Katina sourit en se rappelant.

— Quand j'ai dit que c'était un feu follet, je le pensais vraiment. Elle a beaucoup déblatéré et m'a reproché d'être une idiote et un certain nombre de choses différentes, mais c'est vraiment une bonne personne à l'intérieur. Quand elle s'est calmée, elle voulait savoir exactement comment m'éloigner de toi.

— Est-ce qu'elle sait que je suis de nouveau dans ta vie ?

— Pas de cette façon.

Elle réalisa que, même si elle avait dit à Anna qu'elle était avec Merk, mais pas de cette manière, cela signifiait quelque chose de différent. Elle ajouta rapidement :

— Uniquement ce que tu as entendu au téléphone.

— Ah.

Il s'enfonça sur le canapé.

— Tu en as parlé à quelqu'un à l'époque ? demanda-t-elle.

— Seulement à mon frère, Terkel. Tout d'abord, je partais en formation. Je ne connaissais personne d'autre dans le coin, donc je n'avais personne à qui le raconter. Quand j'ai retrouvé mes vieux amis, je n'avais pas envie d'en discuter, indiqua-t-il avec humour. Plus tard, je l'ai dit à mon frère, mais il en avait déjà une bonne idée.

— Waouh, vraiment ?

Il expliqua rapidement l'« intuition » de Terkel et de leur grand-mère créole. Cela suscita plusieurs autres questions. Lorsqu'ils furent à court de sujets, ils s'allongèrent dans un silence complice pendant qu'elle buvait son eau chaude au citron. Quand elle eut terminé, elle déclara :

— Je pense que je vais essayer de dormir maintenant.

Elle montra son portable et ajouta :

— Merci pour ce téléphone.

— Pas de problème. On y a également mis un traceur pour nos besoins, au cas où tu serais séparée de nous afin qu'on soit en mesure de te localiser, annonça-t-il. Souviens-toi simplement que tu ne dois révéler à personne où tu es.

— Entendu.

Elle se leva, emporta sa tasse dans la cuisine et la rinça. Pivotant de nouveau vers lui, elle dit :

— Je vais me doucher et me mettre au lit. Je peux toujours surfer sur le web avec mon téléphone jusqu'à ce que je m'endorme.

Elle se dirigea vers les escaliers et lança :

— Bonne nuit.

À la première marche, elle entendit Merk répondre :

— Bonne nuit. Dors bien.

Et elle l'aperçut retournant à son bureau.

Elle aurait dû aller dans sa chambre plus tôt. Il avait manifestement du travail et ne se sentait pas capable de l'effectuer tant qu'elle était avec lui.

En haut des escaliers, elle se demanda où il avait mis ses sacs, mais, en jetant un coup d'œil dans la chambre principale, elle réalisa qu'il lui avait attribué la suite. Elle sourit de plaisir. Cette maison n'était pas luxueuse, mais elle était différente. Et elle appréciait vraiment ses particularités.

En se promenant dans la salle de bain, elle poussa un cri de joie en voyant la très grande baignoire.

— Voilà par quoi je vais commencer.

Elle ferma la porte de la chambre et déballa rapidement les quelques affaires qu'elle avait apportées. Si elle devait rester ici cinq ou six jours, autant en profiter.

Elle se baissa pour boucher la baignoire, puis fit couler l'eau. Une sélection de sachets de bain moussant et d'huiles de bain se trouvait sur le côté. Elle en choisit un et en versa une bonne quantité. Elle trouva un peignoir pour les invités, l'apporta avec elle dans la salle de bain et se déshabilla rapidement. Quand elle s'installa dans le bain moussant, elle poussa un gémissement de plaisir.

Combien de temps s'était-il écoulé depuis qu'elle ne s'était pas simplement assise, détendue et n'avait pas apprécié le moment présent ? Cela semblait une éternité.

Elle distinguait des voix en bas, mais elle supposait que

Merk était au téléphone et utilisait l'option haut-parleur. Ils n'avaient pas eu de visiteurs, et elle n'avait entendu personne d'autre entrer.

Elle s'allongea dans l'eau jusqu'à ce qu'elle refroidisse, puis enfila ses vêtements de nuit, qui consistaient en une culotte et un t-shirt trop grand, et se glissa dans son lit. Après quelques minutes, elle éteignit les lumières et essaya de dormir.

Mais elle n'y parvint pas. Non pas qu'elle n'était pas fatiguée, car elle l'était, et non pas qu'elle n'était pas sereine, car elle l'était. Elle n'arrivait pas à faire taire son esprit. Elle savait que tant de choses s'étaient produites, et ce n'était pas parce qu'elle avait la possibilité de tout éteindre et de se reposer que c'était si facile à réaliser. Elle se leva et attrapa son ordinateur portable qu'elle alluma. Elle ne pouvait pas vraiment répondre aux e-mails, si ce n'est pour annoncer aux gens qu'elle allait bien et qu'elle était en vacances.

Cela fait, elle ouvrit une page web et se renseigna sur cette région du Nouveau-Mexique. Quelles étaient les attractions ? Ils auraient dû prendre une brochure dans l'un des magasins, mais elle n'y avait pas songé à ce moment-là. Avec la lampe allumée, l'oreiller replié dans son dos, elle était confortablement installée dans son lit.

Des pas légers retentirent devant sa porte. Elle sourit. Elle avait déjà reconnu l'approche de Merk. Quand on frappa à sa porte, elle dit :

— Entre.

Merk poussa la porte et passa la tête par le panneau de bois.

— Je pensais que tu serais déjà endormie.

— Je n'arrive pas à dormir. J'ai essayé, mais ma tête ne veut pas se taire. Alors, j'ai surfé un peu sur le web, pour en apprendre plus sur cet endroit et voir ce qu'il y avait à y faire.

Il fronça les sourcils devant l'ordinateur portable.

— C'est la première fois que je te vois avec un ordinateur portable.

— Oh !

Elle le regarda par-dessus l'écran.

— Est-ce que c'est grave ?

— Non, sauf si on te traque.

Il s'approcha lentement, ses yeux sur la machine dans ses mains.

— Je ne l'ai jamais apporté au travail, et je vivais seule, donc je ne sais pas comment quelqu'un aurait réussi à y installer un dispositif de suivi.

— Depuis combien de temps l'as-tu ?

— Plus d'un an. C'est sur cet ordinateur que j'ai vu le premier e-mail me demandant « Où est-elle ? ».

L'intérêt piqua dans son regard.

— Tu as ces messages ?

Elle hocha la tête et ouvrit sa messagerie. Elle avait classé tous les e-mails dans des dossiers spécifiques. Elle afficha celui concerné et l'ouvrit pour qu'il puisse le voir. Elle tourna légèrement l'ordinateur portable pour qu'il ait une meilleure vue.

— Je peux ? l'interrogea-t-il en avançant les mains.

Elle lui tendit l'ordinateur portable. Ramenant ses genoux contre sa poitrine, elle patienta pendant qu'il cherchait dans la messagerie.

— Je vais les transmettre à Levi, si tu es d'accord.

Elle hocha la tête.

— Je l'aurais fait plus tôt si j'avais su que tu en avais besoin.

— Je comprends. Tu ignores ce que tu dois savoir si tu

ne poses pas les bonnes questions.

— Exactement.

Au moins, il ne lui reprochait pas de ne pas le lui avoir montré plus tôt. Elle s'en serait occupée, mais ça lui était sorti de l'esprit, et visiblement, à eux aussi. Elle attendit en silence qu'il finisse ce qu'il était en train de faire.

— Y a-t-il autre chose sur cet ordinateur susceptible d'être intéressant ?

Elle jeta un coup d'œil de l'ordinateur portable à lui et fronça les sourcils.

— Je ne pense pas, mais tu peux regarder.

Elle n'avait qu'un seul ordinateur portable parce qu'elle supposait qu'elle en aurait besoin, mais, en vérité, ça n'avait jamais été le cas. Elle jouait à quelques jeux dessus, écrivait quelques e-mails, mais elle en avait un pour le travail et c'était sur celui-ci qu'elle passait la plupart de son temps. En vérité, elle s'était demandé si elle n'allait pas simplement prendre une tablette la prochaine fois.

ILS ALLÈRENT AU bureau où il brancha une deuxième machine et configura un programme à exécuter sur l'ordinateur de Katina. Il effectua quelques recherches, plus un diagnostic. Il doutait qu'il y ait des traceurs, mais il ne prenait pas de risques. Quelqu'un connaissait manifestement son adresse électronique personnelle et lui avait envoyé ces e-mails anonymes.

Ils n'avaient d'intérêt que pour le fait que quelqu'un savait qu'elle avait quelque chose qu'elle n'était pas censée avoir.

Il la considéra et lui intima :

— Va te coucher. Ça va prendre du temps.

Elle croisa les bras sur sa poitrine et tapa légèrement du pied sur le sol.

— Dans aucun univers connu, tu n'es autorisé à me donner des ordres que je suivrai.

Il la regarda avec surprise, puis sourit.

— J'ai toujours aimé ton audace.

Elle renâcla et s'assit.

— Tu n'as pas eu longtemps pour apprécier quoi que ce soit chez moi. Soyons réalistes. On a fait l'amour. On s'est mariés. On a refait l'amour. On a divorcé, et on s'est séparés. Fin de l'histoire.

Il s'esclaffa.

— On n'avait certainement pas besoin de la paperasse pour faire l'amour, la railla-t-il avec un regard noir. On aurait très bien pu s'en passer.

— Triste, mais vrai. Je n'ai pas bu une goutte de tequila depuis.

Il secoua la tête.

— Moi non plus.

Ils échangèrent un sourire en signe de compréhension. Il aimait vraiment le fait qu'ils étaient en mesure de plaisanter ainsi. Sur un ton décontracté, les yeux fixés sur les ordinateurs portables en face d'eux, il la questionna :

— Tu ne t'es jamais demandé si on n'aurait pas dû s'adapter, tu sais, au fait d'être mariés, et essayer ?

Comme il ne la regardait pas, il n'enregistra pas sa réponse jusqu'à ce qu'un silence étrange se fasse entendre. Il leva la tête et l'étudia.

Puis elle craqua.

Légèrement contrarié, il s'offusqua :

— Quoi ? Qu'est-ce que j'ai dit ?

Elle gloussa.

— Tu penses qu'on aurait dû essayer.

Elle branla du chef alors que l'hilarité secouait ses épaules.

— Essayer quoi ? De boire davantage de tequila ?

— Je n'étais pas si ivre.

— Si, tu l'étais. Et moi aussi.

Quand elle s'arrêta enfin, les épaules légèrement secouées par l'humour qui l'habitait encore, elle ajouta :

— Je n'y ai jamais réfléchi sérieusement. Je me suis demandé à quoi je pensais en premier lieu, mais je n'ai jamais songé à prolonger cette folie en restant mariée avec toi.

Il se demanda s'il était censé se sentir insulté par ça.

— J'étais un si mauvais parti ?

— Je n'en ai aucune idée, répondit-elle franchement.

— Ce n'est pas comme si on se connaissait. On ne sait pas la moindre chose l'un sur l'autre.

— Mais quelque chose nous a attirés l'un vers l'autre, rétorqua-t-il honnêtement. Pas seulement une attraction physique – mais j'ai vraiment aimé aussi. Tu étais drôle. Tu étais honnête. Quelque chose en toi était simplement…

Il haussa les épaules.

— Attirante.

— Un homme de peu de mots, dit-elle avec un sourire. Mais tu as raison. On a passé un bon moment, puis c'était fini.

Il hocha la tête et regarda les ordinateurs portables.

— Pourtant, une partie de moi se demande ce qui se serait passé si… révéla-t-il.

— C'est trop tard pour s'interroger sur ce qui se serait passé si… éluda-t-elle calmement. Tu as tourné la page et tu as probablement eu plus d'une douzaine de relations depuis, et j'ai tourné la page et j'en ai eu deux.

Elle le considéra avec insistance.

— Et, si tu es honnête avec toi-même, tu avais conscience qu'il n'y avait pas d'avenir pour nous.

— À l'époque, admit-il. Mais je ne suis plus cette personne.

Il écarta les bras pour englober la maison.

— Bien que le travail que j'effectuais et celui que j'effectue maintenant soient similaires, développa-t-il, son sourire s'élargissant. À l'époque, je ne pensais pas non plus à la permanence. Au fil des ans, quand – ou si – j'étais en mission dangereuse, j'avais des relations à court terme parce que je ne savais jamais si, un jour, je ne reviendrais pas.

Son humour disparut instantanément.

— Tes missions étaient si dangereuses ?

Il la regarda lentement, puis hocha la tête.

— Oui. Elles l'étaient généralement. On faisait ce dont personne d'autre n'était capable. Lorsque la dernière mission nous a explosé au visage, d'une certaine manière, je me suis dit que c'était quelque chose que j'attendais depuis longtemps, qui s'est finalement produit, et qu'on le méritait. On a eu de la chance avec nous pendant si longtemps, mais on savait qu'à un moment donné, la chance allait tourner.

— Vous aviez des porte-bonheur ou quelque chose pour vous protéger ? demanda-t-elle, en plaisantant à moitié.

— J'avais quelque chose de mieux en réalité. Mon frère.

À ce moment-là, elle se pencha en avant, de l'intérêt dans les yeux.

— Qu'est-ce que tu veux dire ? Il était en mission avec toi ?

— Non. Tu te souviens que mon frère a le don de voyance de ma grand-mère ? Il nous prévenait souvent si les événements allaient mal tourner.

— Il vous a prévenus pour cette fois-ci ?

Il la fixa pendant un long moment, puis opina du chef.

— Il a expliqué qu'il était capable de voir que quelque chose sentait vraiment mauvais dans toute cette affaire. Mais on ne pouvait pas prendre le risque que ces gens s'échappent. Terkel nous a sommés de ne pas y aller, mais on a tous pris la décision de nous y rendre quand même.

— Même après qu'il vous a dit de ne pas y aller ?

— Oui, il ne nous a pas trop alertés depuis, déclara Merk. Il a demandé de ne pas lui faire perdre son temps. S'il nous donne des informations, on devrait en faire bon usage.

— Je parie qu'il prévient si c'est important.

Elle s'assit plus profondément et hocha la tête.

— Les familles sont comme ça.

— Comment tu le sais ? Tu n'en as pas beaucoup.

— J'en avais. Mes parents ont divorcé il y a longtemps. J'ai été ballottée d'une maison à l'autre. Ils avaient tous deux une nouvelle famille, et j'étais la troisième roue du carrosse, accrochée à une vie antérieure qu'aucun des deux ne voulait reconnaître.

Elle regarda par la fenêtre et poursuivit :

— Je suis partie dès que j'ai pu. Pas pour moi.

Elle fit un signe de la main.

— Maintenant, ils ont des partenaires complètement différents.

— Donc tu n'es pas allée les voir quand tu avais des problèmes.

Son regard se dirigea de nouveau vers lui.

— Non, confirma-t-elle avec une finalité absolue.

Il opina du chef.

— Je suis assez proche de mon frère. On est jumeaux en réalité. Mais il a eu le don de la voyance, et pas moi.

Cela ne l'avait jamais vraiment dérangé jusqu'à ce que cette mission lui explose au visage. Si seulement il avait écouté, il aurait empêché toute l'équipe de partir. Mais on aurait dit qu'il était têtu, plein de dynamisme et d'ambition. Et de stupidité.

— Quelqu'un d'autre que ton frère a cette perspicacité ?

Merk secoua la tête.

— Non, et ma grand-mère est décédée il y a quelques années.

— Est-ce qu'elle était au courant ? Avait-elle vu ce qui se préparait pour elle ?

— Je l'ignore, admit-il. Elle est morte quand j'étais en mission. Mais ce dont je suis sûr, c'est que Terkel le savait. Il m'a prévenu qu'elle partirait pendant que j'étais à l'étranger, et la semaine suivante, elle est décédée.

Elle lui sourit d'un air entendu.

— Pourquoi souris-tu ?

— Parce que je sais que tu es allé la voir avant que ça n'arrive, n'est-ce pas ?

Il se pencha en arrière sur sa chaise et la regarda fixement.

— Tu n'en sais rien.

— Si, je le sais. Tu es ce genre de gars.

Chapitre 14

KATINA SE RÉVEILLA le lendemain matin avec un sourire sur le visage. Elle avait incroyablement bien dormi. Elle avait quitté le bureau la veille au soir peu après leur conversation et était montée se coucher. Elle était d'humeur joyeuse et amusante. Elle avait peur de retomber amoureuse de lui. Non, elle savait que c'était le cas. Il avait raison. Ils ne s'étaient pas mis ensemble pour rien, et il était difficile de se défaire de cette attirance. Même maintenant, ce même sentiment subsistait encore plus de dix ans après. C'était tout simplement incroyable.

Depuis qu'il en avait parlé, elle se demandait ce qui se serait passé.

Alors qu'elle était allongée dans son lit, le soleil du matin brillant sur son visage, elle réalisa qu'elle aurait pu avoir une famille et une vie amoureuse. Vivre le rêve.

Sinon, cela aurait pu changer quelque chose dans le monde de Merk, et il n'aurait pas exercé ce métier, ou il aurait pu être tué en mission parce que quelque chose en elle l'avait distrait.

En réalité, elle comprenait que les événements arrivaient pour une raison. Mais cela lui laissait une marge de manœuvre pour penser que peut-être ils s'étaient réunis pour une seconde chance pour un autre motif. Le fait qu'ils dormaient seuls était également unique, car ce n'était pas le genre de Merk ; il suintait la sexualité, contrairement à tout autre homme qu'elle avait rencontré. Elle se doutait qu'à force de rester tous les deux dans cette maison, ils finiraient tôt ou tard par se retrouver au lit. Elle se demandait si elle était prête pour ça.

Et la réponse était oui. Même si c'était simplement pour l'expérience. Peut-être une remise en contact, pour voir si c'était aussi bien que dans ses souvenirs. Elle sourit. Il adorerait ça.

« Allons au lit pour voir si on est toujours aussi bons qu'avant. »

Elle secoua la tête. Ça n'arriverait pas.

Elle sauta du matelas, s'habilla de vêtements propres, brossa ses cheveux en arrière, les rassemblant en une unique tresse dans son dos, attrapa un pull et descendit les escaliers.

Et bien sûr, il était déjà debout, buvant du café à la table de la cuisine.

— Tu as dormi ? demanda-t-elle en se versant une tasse.

Elle se tourna vers la table et s'assit à côté de lui.

— Oui.

— As-tu trouvé quelque chose dans l'ordinateur la nuit dernière ?

Il branla du chef.

— Rien n'est encore apparu. Je m'y attendais, mais je devais m'en assurer.

Elle comprenait et appréciait sa minutie.

— Des nouvelles d'Anna et… comment s'appelle-t-il ? Flynn ?

Il hocha la tête avec un sourire.

— Apparemment, les deux font des étincelles.

Elle y réfléchit et branla du chef.

— J'aimerais être une petite souris. Ce serait un grand

divertissement.

Il l'étudia.

— On dirait que tu as eu une bonne nuit de sommeil.

— Comme un bébé, confirma Katina avec un sourire. Quel est le programme d'aujourd'hui ?

Il la laissa mener la conversation alors qu'ils discutaient de leurs courses à faire – quelles provisions ils souhaitaient acheter et tous les autres articles ménagers dont ils pourraient avoir besoin.

La seule pensée de toute cette nourriture lui donnait faim. Elle se leva, ouvrit le réfrigérateur et en sortit quelques-unes des friandises qu'Alfred avait préparées pour eux. Elle ne voulait pas que tout cela soit gaspillé.

Ensemble, ils grignotèrent leur petit-déjeuner tout en bâtissant des projets. Avec le soleil qui brillait dehors, ce serait un autre jour glorieux. Elle n'avait pas trouvé de lac dans sa recherche de choses à faire localement, mais elle aimerait bien aller nager.

— Y a-t-il un endroit pour se baigner dans le coin ?

— Il pourrait y avoir quelques rivières, mais pas dans les environs immédiats. Pas à distance de marche.

— D'accord. Peut-être un autre jour.

— On va se déplacer à pied toute la semaine, dit-il. Au moins jusqu'à ce qu'on voie s'il y a des répercussions après tous les envois postaux.

Elle se figea.

— J'avais oublié qu'ils avaient été expédiés hier.

Elle regarda fixement par la fenêtre.

— Ça pourrait leur prendre deux ou trois jours pour traverser le pays.

— Levi reçoit déjà des appels téléphoniques, parce que, n'oublie pas, tout a d'abord été envoyé par voie numérique.

— Super. Et ensuite ?

— Les gens doivent trier les données, vérifier leur validité, puis commencer les séries d'entretiens et rassembler les preuves.

Il lui adressa un sourire rassurant.

— Le journaliste est en train de dénicher plus de renseignements, et le procureur a demandé à rencontrer Levi. Tout est en mouvement. Laisse le temps faire son œuvre.

Elle hocha la tête.

— On va rester ici plus d'une semaine, n'est-ce pas ?

— Reste positive. Maintenant que les bonnes personnes ont l'information, on a besoin qu'elles agissent.

— C'est l'une des choses que j'ai apprises dans la vie. Ce n'est pas parce que quelqu'un agit d'une quelconque manière que le reste du monde a la même idée.

Il lui sourit.

— Et on n'a rien de mieux à faire que de passer la semaine ici et d'en profiter. Alors, retournons en ville et faisons quelques courses.

Elle se leva et attrapa les plats sur la table. Pendant qu'elle les lavait, il prit un torchon et essuya rapidement la vaisselle avant de la ranger. Encore dix minutes et ils franchissaient la porte d'entrée.

Elle s'arrêta sur le pas de la porte et scruta les alentours, une grande colline qui s'élevait derrière leur jolie maison nichée dans les buissons et l'allée qui se dirigeait droit vers la route. Elle avait envie de se promener toute seule un peu plus tard.

Quand il se mit à côté d'elle, ils descendirent l'allée et reprirent le chemin de la ville.

— On peut s'arrêter chez Freddy ?

Il hocha la tête.

— Tous les jours si tu veux.

— D'accord. Cette routine me va.

Elle lia sa main à la sienne, et ils discutèrent de choses apparemment inutiles. Mais pour elle, elles lui donnaient un aperçu de qui il était. Elle parla de fleurs, d'animaux, de son point de vue sur les refuges pour animaux, pour le bien d'Anna, et de nourriture. Elle apprit qu'il adorait les steaks. C'était un homme. Il adorait aussi les tartes aux pommes faites maison, et c'était un amateur de cuisine créole, une compétence transmise par sa grand-mère. Ils discutèrent de quelques plats pour lesquels ils pourraient acheter les ingrédients et qu'ils cuisineraient plus tard. Au moment où ils entrèrent dans l'épicerie, elle avait l'impression qu'ils étaient partenaires. De bons amis.

C'est ainsi que les choses se mirent en place. Chaque matin, ils se levaient, prenaient leur petit-déjeuner et leur café, décidaient de ce qu'ils allaient acheter pour le dîner et se rendaient dans les magasins de la ville. Ils sortaient parfois pour déjeuner, et de temps en temps ils s'arrêtaient dans le petit café. Tous les jours, ils passaient voir Freddy. Jusqu'à présent, tout allait bien.

Le matin du quatrième jour, elle quitta son lit pour trouver de gros nuages et de la pluie.

Mais elle s'habilla un peu plus chaudement et descendit les escaliers.

Au lieu de voir Merk à la table de la cuisine à sa place habituelle, un café à la main, elle dut le traquer dans le bureau.

— Des problèmes ?

— Du mouvement, corrigea-t-il. Le bureau du procureur est occupé à interroger divers membres de la société.

— Oh, c'est excellent ! dit-elle avec de la joie dans la

voix. Peut-être que tout cela sera terminé plus tôt que prévu.

— Pas nécessairement.

Il la regarda et précisa :

— N'oublie pas qu'ils doivent avoir plus que ce que tu as apporté comme preuve. Mais ils ont des agents avec des mandats de perquisition dans l'entreprise en ce moment. Donc, avec un peu de chance, ils sont en mesure de vérifier certains de ces fichiers.

— J'ai les identifiants et les mots de passe, proposa-t-elle immédiatement. Je n'ai jamais pensé à te les donner plus tôt puisque je t'avais déjà fourni toutes les informations auxquelles j'avais eu accès.

Il se figea et pivota vers elle.

— Pardon ?

— Rappelle-toi, j'ai une mémoire photographique, reprit-elle. Je suis à même de leur indiquer des mots de passe, des noms de fichiers et les identifiants de connexion.

Elle haussa les épaules.

— Je ne peux pas prétendre que c'est pour tout, mais c'est ce que j'ai, et peut-être que ça les aidera à y avoir accès.

Elle s'assit, et il lui jeta un bloc de papier. Elle nota soigneusement tout ce dont elle parvenait à se souvenir sur tous les identifiants qu'elle avait vus et utilisés. Quand elle lui rendit sa liste, il la saisit immédiatement.

Elle alla dans la cuisine pour prendre un autre café. Elle était de bonne humeur. Il faisait sombre et gris dehors, mais c'était un progrès, et elle en était heureuse. Elle remplit sa tasse et retourna au bureau. Se rendant compte que celle de Merk était vide, elle alla lui en chercher une autre. Lorsqu'elle revint, il était en train de comparer ce qu'elle avait écrit avec ce qu'il avait tapé.

— J'envoie ça à Levi et Ice. Ils peuvent le transmettre au

bureau du procureur.

Puis il se pencha en arrière et la considéra.

— C'est fait. J'espère que ça les aidera à obtenir les informations dont ils ont besoin.

Il prit la tasse de café et la tendit vers elle.

— Merci.

— Pas de problème, dit-elle. Alors, maintenant, on fait notre routine ?

— Plus ou moins. On va prendre des nouvelles de Freddy. Et peut-être qu'au lieu d'acheter à manger, on pourrait déjeuner dans ce restaurant français dont il a parlé.

Elle hocha la tête.

— Je me suis réveillée tard, donc je n'ai pas vraiment envie de petit-déjeuner.

Elle s'en rendit vraiment compte lorsqu'elle se leva pour remplir sa troisième tasse de café et vit l'heure sur la cafetière. Pas étonnant qu'il ne l'ait pas attendue dans la cuisine. Elle était sortie du lit une heure plus tard que d'habitude. Mais elle avait aussi de bonnes nouvelles à partager. Elle se retourna et déclara :

— J'ai eu des nouvelles de mon oncle. Il m'a envoyé un SMS m'informant qu'il était en Californie chez un ami, et qu'il allait bien.

Elle rayonnait.

— Donc une personne de moins pour laquelle s'inquiéter.

— Excellent. Je suis désolé que le reste de ta famille ne soit pas proche.

— Ce n'est pas une façon facile de grandir. Il n'y avait pas de constantes. Rien sur lequel compter. Ça m'a surprise quand je t'ai épousé si vite. Puis, quand tout s'est écroulé, ça a été comme une répétition de ma vie. Quelque chose que je pensais être là ne l'était pas.

Elle lui adressa un sourire tranquille.

— Vivre et apprendre.

— Apprendre à faire confiance est énorme, dit-il doucement. J'y ai beaucoup travaillé l'année dernière dans mon métier. Mais cela s'infiltre dans d'autres parties de nos existences, même si on s'efforce de l'éviter. Pourtant, il faut bien commencer quelque part.

— Alors on commence ici, maintenant ? demanda-t-elle brusquement. Est-ce qu'on envisage vraiment une relation ensemble ? Une relation où l'on peut compter l'un sur l'autre ?

— J'aimerais bien, acquiesça-t-il avec un rictus. C'est pour ça que tu n'as parlé à personne de ta mémoire photographique ?

Elle hocha la tête.

— En grandissant, mes frères et sœurs me détestaient pour ça. Chaque fois que je l'utilisais, ils me cherchaient des problèmes. J'ai donc lutté contre, ainsi que contre la question de savoir qui serait là pour moi.

Il finit son café et se leva en suggérant :

— Et si on allait en ville ? Quand on aura fini, on devrait être prêts pour déjeuner.

— Ça me convient.

Elle remplit les tasses de café d'eau savonneuse pour les faire tremper pendant leur absence, éteignit la cafetière et l'attendit à la porte. Elle avait déjà mis son pull. C'était ce genre de journée. Lorsqu'il la rejoignit, il jeta un dernier coup d'œil, vérifia que tout était bien fermé, puis passa un bras autour de ses épaules.

— Allons-y.

IL IGNORAIT SI elle était vraiment perspicace, si elle avait remarqué qu'il avait vérifié deux fois les serrures du bureau, de la cuisine, puis de la porte d'entrée. Elle avait probablement compris qu'ils étaient entrés dans une phase très différente désormais – où les gens comprenaient le genre d'informations qu'elle avait mises au jour.

La vérité, c'était que les choses avaient commencé l'avant-veille, mais ce n'était que maintenant que le public en entendait parler. Levi avait appelé pour les prévenir, non pas que Merk ait eu besoin d'être averti. Il savait à quel point la prochaine étape était dangereuse. Ils cherchaient tous à la protéger. Son travail consistait à s'assurer que personne ne la trouve.

Jusqu'à présent, son frère n'avait pas téléphoné. Il prenait ça comme un bon signe.

— Premier arrêt, chez Freddy.

— OK, acquiesça-t-elle aimablement.

Il aimait vraiment ça chez elle. Elle savait quand suivre les ordres et, apparemment, elle savait aussi quand lui dire de ne pas donner d'ordres. Il sourit au souvenir de leur conversation quelques nuits auparavant.

Alors qu'ils marchaient dans la rue, les nuages au-dessus semblaient vouloir se déverser sur eux.

— On aurait dû apporter des parapluies.

— Je n'en ai pas, admit-il. On devrait peut-être s'arrêter pour boire un café avant le déjeuner.

Mais ils arrivèrent au magasin avant que la pluie ne tombe. Alors qu'ils entraient dans la pièce lugubre, elle demanda :

— Est-ce qu'il nettoie parfois ici ?

— Ça ferait venir les clients, avança-t-il d'un ton ironique. Je ne pense pas que ce soit ce qu'il veut.

Cela la poussa à rire.

Il appuya sur la sonnette du comptoir et attendit que Freddy sorte. Mais ne voyant aucun signe de lui, Merk fit retentir la cloche plusieurs fois de plus. Le vieux type pourrait être dans la salle de bain.

Comme il n'y avait toujours pas de réponse, il mit un doigt sur ses lèvres et murmura :

— Reste ici.

Il se dirigea vers le rideau de perles et regarda de l'autre côté. Il ne pouvait rien voir à cause des boîtes dans l'embrasure de la porte. Il devait les déplacer, ce qui révélerait sa position. Mince.

Bougeant aussi vite que possible, il se glissa derrière et resta baissé en se faufilant entre les caisses, jusqu'à ce que la pièce s'ouvre devant lui. Freddy avait veillé à ce que personne ne soit en mesure de distinguer quoi que ce soit avant d'avoir atteint le centre de son grand magasin d'électronique. Les moniteurs étaient éteints. Il vérifia encore l'arrière-boutique, au cas où Freddy se serait effondré sur le sol d'une crise cardiaque, mais il n'y avait aucun signe de lui nulle part.

Il fronça les sourcils. Merk retourna à l'avant du bâtiment et amena Katina dans l'arrière-boutique avec lui.

— Ça ne lui ressemble pas de sortir du magasin.

— Il doit rentrer chez lui à un moment donné, dit-elle calmement. Peut-être qu'il est lui-même parti déjeuner tôt.

Merk hocha la tête.

— Tout est possible.

Mais alors qu'il continuait à rôder dans la pièce, Merk passa devant la porte de derrière, légèrement entrouverte. Il la poussa et sortit pour inspecter la ruelle – et se figea. Il venait de trouver Freddy, mort à côté de la benne à ordures.

Merk avait besoin de vérifier des choses ici, mais il ne

voulait pas qu'elle soit seule à l'intérieur. Avec ce nouveau développement, il se retourna et lui intima à voix basse :

— Katina, viens ici.

Quand elle s'avança vers lui, il attrapa sa main et la serra contre lui. C'est alors qu'elle remarqua le corps.

Elle plaqua une main sur sa bouche.

— Oh, non ! Il est mort de causes naturelles ? murmura-t-elle dans sa main avec espoir.

Il se déplaça pour étudier la victime. En s'approchant, il put voir le sang s'accumuler sous le visage. En raison de la légère inclinaison de la ruelle, l'hémoglobine coulait sous la benne à ordures. Maintenant que Merk était assez près, il était en mesure de découvrir la blessure par balle à la tempe.

— Merde !

Il pivota pour regarder Katina et déclara :

— On lui a tiré dessus.

Elle recula immédiatement pour attraper la porte, sa main toujours sur sa bouche, le fixant sans mot dire. Il avait vu trop de choses dans sa vie pour être surpris par quoi que ce soit, mais il détestait que cela arrive à Freddy. Il faisait partie des gentils.

Immédiatement, un coup de feu fut tiré à proximité et frappa la benne à ordures métallique à côté d'eux. Ils entendirent des bruits de pas de course.

Merk se précipita à l'intérieur, entraînant Katina avec lui. Il la poussa derrière le bureau et courut jusqu'au côté de la porte pour jeter un coup d'œil à l'extérieur, l'arme prête.

La ruelle était vide. Mais elle l'était aussi avant.

Merde ! Il se retourna vers elle.

— Reste ici. Je vais faire un balayage rapide de la zone. Reste cachée. Je ne serai pas long.

Avec un regard dur pour s'assurer qu'elle avait compris,

DALE MAYER

il attendit sa réponse. Elle acquiesça rapidement et se glissa plus loin hors de vue. Une bonne chose. Il sortit et fila dans la direction où les pas étaient partis. Comme Freddy's était le dernier magasin du quartier, Merk scruta le coin de la rue, mais ne trouva rien. Il pouvait sentir que le connard était parti, mais il était incapable de le prouver. Il rangea le pistolet sous sa chemise et marcha rapidement vers l'avant du pâté de maisons, à la recherche d'un tueur potentiel.

Personne.

De retour au magasin, il entra par l'accès de la ruelle et appela :

— Katina ?

— Ici.

Elle sortit de sa cachette et se précipita dans ses bras.

— Tu es en sécurité. Il est parti depuis longtemps.

En la serrant contre lui, Merk sortit son téléphone et appela Levi. Quand il répondit, Merk lui donna les détails. Beaucoup de jurons suivirent à l'autre bout du fil.

— OK, je vais téléphoner à son patron et les mettre au courant. Tu contactes la police locale et tu mets ça en route.

Après avoir raccroché, Merk se tourna vers Katina.

— Je dois prévenir la police. Pendant ce temps, Levi va appeler la société de Freddy.

Une ligne de froncement se forma entre ses sourcils.

— La société de Freddy ?

Merk hocha la tête.

— Freddy faisait partie d'un réseau. On verra ce qui arrivera au magasin après ça.

— Et ça signifie que celui qui l'a tué a vu tout ce qu'il surveillait ? demanda-t-elle nerveusement. Anna est-elle en sécurité ? Est-ce qu'on est en sécurité ?

— Dans cette situation, on doit supposer le pire, dit-il

calmement. Laisse-moi téléphoner à la police, puis je m'occuperai de la boutique.

Elle le fixa du seuil de la porte, son regard allant de l'intérieur à l'extérieur, et lâcha :

— Mais, si la police vient ici, elle saura aussi ce qu'il faisait, n'est-ce pas ?

— Oui. C'est une chose dont la société devra s'occuper.

Elle pivota pour observer de nouveau à l'intérieur.

— On devrait tout fermer alors ?

Il hésita un moment, puis acquiesça :

— Commençons par ça, au cas où la police arriverait dans les cinq prochaines minutes.

Elle fronça les sourcils.

— Il n'y a pas vraiment de forces de l'ordre dans une petite ville comme celle-ci, n'est-ce pas ? Ne devraient-ils pas venir de la ville la plus proche ?

Il hocha la tête.

— Je le soupçonne.

— On ne peut pas le laisser étendu comme ça pour les mouches.

C'est alors que son téléphone sonna. C'était Levi.

— J'ai appelé les flics moi-même. Ils envoient un agent cet après-midi, ça prendra probablement une heure et demie. Peux-tu recouvrir le corps pour le cacher des passants ?

Merk opina du chef.

— On était en train de travailler là-dessus.

Puis il repéra une série de boîtes.

— Je peux le recouvrir de cartons. Mais si quelqu'un revient ici, ça aura l'air suspect.

— Prends des photos maintenant. Puis couvre-le et attends que la police et l'équipe médico-légale arrivent.

— OK, compris.

Merk prit quelques photos avec son téléphone portable, puis retourna à l'intérieur pour chercher quelque chose de mieux pour couvrir Freddy. Sur l'arrière de la porte se trouvait une vieille couverture. Il la sortit et couvrit soigneusement le vieil homme. Puis, à l'aide des cartons, il construisit un mur autour de lui. Au moins à court terme, cela permettrait d'empêcher le grand public de le voir. Lorsque Merk pivota, il trouva Katina, debout dans l'embrasure de la porte ouverte, les larmes aux yeux.

— Ce n'est pas juste. C'était un homme bon. Il ne méritait pas ça.

— La dure réalité de la vie est que personne ne mérite ça, surenchérit Merk en la renvoyant calmement à l'intérieur. On va garder un œil sur lui jusqu'à ce que la police arrive. Selon Levi, cela devrait prendre environ quatre-vingt-dix minutes. En attendant, on a des choses à faire ici.

Il passa par l'arrière-boutique et éteignit toutes les machines. Puis il déplaça soigneusement toutes les tables contre l'un des murs, afin qu'elles soient toutes empilées, comme si elles n'étaient pas utilisées. Il apporta deux autres tables et les installa avec certains des vieux équipements poussiéreux des étagères de devant, les plaçant d'une manière qui donnait l'impression que Freddy effectuait des réparations.

Merk se souvint également de verrouiller la porte d'entrée et de changer le panneau « Ouvert » en « Fermé ».

Il se retourna vers Katina et dit :

— Maintenant, il faut attendre.

Elle consulta rapidement sa montre.

— Cela fait déjà quarante-cinq minutes. Ils peuvent arriver à tout moment.

Il hocha la tête et jeta un dernier coup d'œil à l'endroit, détestant le fait que, désormais, ils n'avaient plus rien qui les surveillait, puis la conduisit vers la ruelle.

— Je me sentirais mieux si je montais la garde derrière, annonça-t-il. Je ne veux pas le laisser seul.

Elle lui sourit d'un air égaré.

— Personne ne devrait être laissé seul comme ça.

Chapitre 15

LORSQUE LA POLICE arriva enfin, elle les trouva à la fois efficaces et froids. Non seulement ils ne connaissaient pas la victime, mais ils ne connaissaient pas la ville. Du moins pas très bien. Ils posèrent quelques questions, auxquelles Merk et elle répondirent facilement, puis ils furent écartés.

Merk attrapa la main de Katina et indiqua à l'officier qu'ils allaient déjeuner dans le petit restaurant français de la ville.

À voir la tête des gars, Katina ne pensait pas qu'ils avaient entendu Merk.

Bien qu'elle n'ait pas faim, elle savait qu'elle devait manger, car ils ignoraient ce qu'ils allaient affronter désormais. Le rideau de sécurité venait d'être arraché. Ils étaient entrés dans un tout nouveau jeu de balle.

Alors qu'ils s'éloignaient de la ruelle, elle dit :

— Dans le pire des cas, on doit supposer qu'on a été trouvés. Un de ces moniteurs a montré la maison où on était.

Il opina du chef et, à voix basse, minimisa :

— Mais, à moins qu'ils ne soient du coin, ils ne sauraient pas où elle se trouve.

— Il est facile de demander à un local, rétorqua-t-elle.

Il acquiesça de nouveau.

Lorsqu'ils arrivèrent au restaurant, il poussa la porte, et

ils entrèrent tous les deux. L'endroit était à moitié plein, et ils prirent un siège au fond. Une serveuse au grand sourire leur tendit des menus.

Katina l'étudia, mais ne vit rien qui l'attirait. Merk n'ouvrit même pas le sien. Elle plaça le sien par-dessus et dit :

— Bien. Commande ce que tu veux pour nous deux. Je vais aux toilettes.

Elle se leva et alla aux toilettes pour dames, une petite pièce individuelle. Elle ferma la porte à clé, accrocha son sac à main au crochet du mur et resta debout, à se regarder dans le miroir.

Quelle matinée d'enfer. Elle était si triste de ce qui était arrivé à Freddy. Elle leva ses mains, vit ses doigts trembler. Qu'allaient-ils bien faire maintenant ? Elle ouvrit l'eau chaude et se lava le visage, puis elle passa le robinet sur froid, mouilla une serviette en papier et la tapota sur ses joues. Elle devait se ressaisir. Les choses n'allaient pas redevenir ce qu'elles étaient. Elle avait eu ses vacances. Elle avait eu quelques jours d'un style de vie idyllique, quelques jours pour oublier. Mais c'était tout.

La réalité de la situation lui sautait aux yeux. Des gens étaient tués pour les informations qu'elle avait trouvées.

Elle utilisa les toilettes, se lava les mains une fois de plus, puis prit son sac à main et sortit dans la grande salle. Cette fois, elle ne put s'empêcher de scruter autour d'elle, car n'importe qui dans ce restaurant aurait pu tuer ce gentil vieil homme. Au moins, de la façon dont il avait été abattu, elle doutait qu'il ait beaucoup souffert.

S'asseyant de nouveau à la table, elle se pencha en avant et demanda :

— Penses-tu qu'il est sorti de son plein gré, ou était-il sous la menace d'une arme ?

— Je ne pense pas que c'était de son plein gré.

Elle hocha la tête.

— A-t-il éteint les moniteurs ? Ils n'étaient pas allumés quand on est entrés.

Il la regarda et sourit.

— Je me demandais si tu l'avais remarqué.

— Tu crois qu'il le savait ?

— Fred était un vieux schnock qui connaissait bien le monde. Je suppose qu'il se doutait qu'il était susceptible d'avoir des problèmes.

Elle se demandait pourquoi elle ne s'en était pas rendu compte avant.

— Je ne suis pas faite pour ça, admit-elle. Je viens juste de me poser la question.

— Ne t'en fais pas. Le stress provoque des choses étranges.

Elle réalisa que les menus avaient disparu et qu'à leur place se trouvaient deux tasses de café fumant. Elle attrapa la sienne avec gratitude.

— Qu'est-ce que tu as commandé ?

— C'est une surprise. Attends de voir, dit-il en pianotant sur son téléphone.

Elle opina du chef et dut s'en contenter.

Finalement, la serveuse apparut de nouveau et posa deux assiettes pleines de crêpes.

Katina sourit.

— Oh, merveilleux ! Merci.

La femme, rayonnante, partit et revint avec un grand bol de crème fouettée et un autre de myrtilles fraîches. En s'éloignant, elle lança :

— Sers-toi des deux, chérie.

Personne n'avait besoin de le répéter à Katina. Elle partagea les myrtilles entre son assiette et celle de Merk, puis versa de grandes quantités de crème fouettée sur les deux. Et il ne quitta toujours pas son téléphone des yeux. Elle lui donna un léger coup de pied sous la table. Il releva la tête et fronça les sourcils en la considérant. Elle fit un signe de tête vers l'assiette devant lui et lui intima :

— Mange.

Il y jeta un coup d'œil et posa son portable.

— Eh bien, ça a l'air délicieux.

Il la tira vers lui, puis il y eut un silence.

Dès qu'ils eurent fini, elle sut qu'ils allaient partir. Ce qu'elle ignorait, c'était s'ils allaient aussi quitter la maison. Parce qu'elle n'avait pas été très intelligente.

Elle n'avait pas laissé tout dans ses sacs, prête à partir. En réalité, elle avait tout déballé et fait comme chez elle. Ce qui avait pris fin de manière soudaine et irréfutable. Il lui fallait au moins une demi-heure pour rassembler toutes ses affaires. C'était idiot. S'ils rentraient pour trouver quelque chose de très moche, elle ne disposerait pas d'autant de temps.

Elle tria mentalement les objets qu'elle avait étalés, en réfléchissant à ce qu'elle prendrait si elle n'avait que quelques secondes.

Le temps qu'ils paient et sortent, elle se rendit compte que, s'ils rentraient, ils empruntaient un autre chemin.

— Est-ce qu'on cache nos traces ?

— Pas nécessairement, mais on monte sur la crête pour regarder la maison d'en haut. On ne marche pas vers la maison comme on le fait normalement parce que, si quelqu'un nous observe, il nous verrait avant qu'on le voie.

— Bien. Je vais préparer mes affaires dès qu'on sera à la maison.

Il hocha la tête.

— Oui, c'est mieux comme ça.

Ses épaules s'affaissèrent pendant un long moment, puis elle se conforta en considérant que, jusqu'à présent, elle était en vie. Fred n'avait pas eu cette option.

— C'est la vie.

— C'est ce que j'aime entendre.

Il tendit la main et attrapa la sienne alors qu'ils grimpaient la colline derrière la demeure.

Là, il la lâcha et prit la tête. Elle était en bonne forme, mais pas en superforme. Merk était dans une forme fantastique. Il ralentit son rythme pour qu'elle puisse suivre. Lorsqu'ils arrivèrent en haut de la colline, elle soufflait et haletait.

Il lui fit traverser le sommet de la crête et s'accroupit en lui disant :

— Reste aussi bas que possible.

Et encore une fois, elle n'était pas aussi gracieuse que lui, mais elle s'accroupit et continua à avancer assez bas.

Finalement, ils arrivèrent à l'endroit où ils étaient en mesure de surveiller la propriété. Au lieu de rester là à observer, il s'assit en croisant les jambes et patienta. Elle le rejoignit.

— Qu'est-ce qu'on attend ?

Mais il ne répondit pas ; au lieu de cela, il étudia le plan. Elle réalisa qu'ils ne quitteraient pas cette crête avant qu'il ne soit sûr que c'était sans danger. En vérité, elle était d'accord avec cela, mais elle ne savait pas combien de temps cela prendrait. Elle s'installa donc pour attendre.

Ils n'eurent pas à patienter longtemps. Quarante minutes plus tard, pendant lesquelles elle avait changé de position plusieurs fois tandis que Merk restait assis à ses côtés, elle vit quelqu'un sortir par la porte arrière et se tenir sur la petite plateforme. Elle se figea. Le regard de l'homme ne monta jamais à l'endroit où ils étaient installés. Il effectua une recherche rapide, puis se retourna et entra dans la maison.

Dans un murmure furieux, elle s'insurgea :

— Qui était-ce, bon sang ?

D'une voix basse et mortelle, Merk répondit :

— Je dirais l'homme qui a tué Freddy.

MERK RIT INTÉRIEUREMENT de son incapacité à rester assise. Elle pensait probablement qu'elle se débrouillait très bien dans ce domaine, jusqu'à ce qu'elle remue ses doigts et ses mains, redresse ses jambes, les replie et se balance d'avant en arrière.

Alors qu'il était tout à fait capable de s'asseoir et de se reposer dans un moment d'immobilité. Il s'y était suffisamment exercé. Son entraînement avait été brutal. Alors qu'il était installé, il réfléchit. L'homme qu'il avait vu, était-il seul ? Et pourquoi était-il venu sur le porche arrière ? Ce n'était pas nécessaire. Merk aurait aimé avoir ses jumelles avec lui, il aurait eu une meilleure idée de qui se trouvait dans la maison. En l'état actuel des choses, Merk et Katina allaient devoir redescendre par le chemin qu'ils avaient emprunté et attendre la nuit pour se faufiler dans la demeure.

Juste au moment où il prit cette décision, un véhicule arriva dans l'allée. Il fronça les sourcils quand celui-ci disparut devant le bâtiment. Il ne le reconnaissait pas. Quelques minutes plus tard, la berline fit marche arrière et tourna, avant de disparaître dans la rue en direction du village. Un gars était entré en voiture, deux étaient repartis.

Cela signifiait-il que la maison était vide ? Ou avait-il laissé des micros et du matériel vidéo plutôt que des hommes ?

Merk avait des choix à opérer. Mais le résultat de ces décisions pourrait être mortel. Il ne voulait pas que Katina s'approche de l'endroit. Il devait y aller et vérifier lui-même.

Avaient-ils pris quelque chose ? Son ordinateur portable était là, mais il l'avait rangé dans le tiroir. Cela dépendait de la façon dont ils avaient fouillé les lieux.

Il se tourna vers elle.

— Où est ton ordinateur portable ?

— J'ai regardé un film dessus hier soir, dit-elle. Donc il était sur le lit.

Elle haussa les épaules.

— J'y ai pensé aujourd'hui, après avoir trouvé Freddy. Je me suis relâchée et j'ai laissé mes affaires partout.

Elle le regarda.

— Est-ce qu'on doit rester ici sur cette colline ?

— Je veux que tu restes ici, précisa-t-il. Je vais me glisser en bas et voir si la maison est vide.

— Et si elle ne l'est pas ? Es-tu en mesure de gérer un intrus… deux intrus ?

Il hocha la tête.

— Ce n'est pas un problème. Le problème est de savoir s'ils ont laissé des mouchards derrière eux et/ou un système de sécurité ou une caméra. S'ils avaient une heure, ça aurait été assez long pour mettre en place quelque chose de simple. Et on a été en ville assez longtemps pour être remarqués. C'est une raison automatique pour vérifier.

— Je suppose que les voisins sauraient que la maison n'est pas vide.

— Comme tu peux le constater, personne n'est proche, mais les villageois sont toujours au courant.

Il étudia son visage avec attention.

— Tu es d'accord pour rester ici ?

Elle acquiesça. Il se pencha vers elle et l'embrassa durement sur les lèvres.

— Je reviendrai.

À ce moment-là, elle demanda :

— Tu me le promets ?

— Je te le promets.

Il descendit la colline au pas de course, en évitant les
rochers sur son chemin. Il ne s'arrêta pas pour regarder
derrière lui, là où il l'avait laissée. Il garda un œil sur la
maison et sur les fenêtres, au cas où quelqu'un le verrait. Il
utilisa son élan pour sauter sur le porche où l'homme était
sorti. Il y avait des escaliers sur le côté, mais il ne voulait pas
faire ce qui était attendu.

Il atterrit en douceur et s'appuya contre le mur, attendant de voir si la porte allait s'ouvrir. Mais aucun son ne
provenait de l'intérieur. Il testa la porte et la trouva déver-
rouillée. Il la poussa et se glissa dans le bâtiment. Il s'arrêta
juste à l'entrée et écouta. Pour autant qu'il puisse le dire, la
demeure était vide et résonnait.

Il leva les yeux dans le couloir et chercha des caméras.
Elles étaient potentiellement difficiles à trouver, selon
qu'elles étaient bien cachées ou non. Il supposait qu'ils
avaient ce genre d'équipements. Les hommes devaient
confirmer que Katina était ici, et ensuite ils pourraient
revenir avec une plus grosse équipe.

Il traversa l'étage inférieur et ne trouva rien de man-
quant, rien de dérangé. Ce qui était intéressant en soi.
Avaient-ils inspecté l'endroit ? Il s'arrêta à la porte du bureau
qui semblait relativement intact. Il trouva son ordinateur
portable toujours dans le tiroir du bas où il l'avait laissé. Mais
il y avait un mécanisme en dessous pour l'ouvrir, et ça ne

ressemblait pas à un tiroir.

Rien de tout cela n'était un hasard. Ils avaient passé leur vie à s'occuper de ce genre de choses. Même les meubles avaient été choisis pour ces raisons. Il se déplaça rapidement jusqu'au pied de l'escalier et monta jusqu'au dernier niveau.

Un passage rapide lui permit de vérifier que l'endroit était vide. Il contrôla d'abord la chambre de Katina. Elle avait raison. Des vêtements, des couvertures et des oreillers étaient jetés partout dans sa chambre. Ce n'était pas un chaos, mais c'était un peu désordonné. Cependant, il ne semblait pas que quoi que ce soit ait été fouillé. Mais une femme avait manifestement séjourné ici. Elle avait son sac à main sur elle, donc rien n'avait été laissé derrière elle pour identifier que cette femme était Katina.

Sauf son ordinateur portable. Il s'en occuperait plus tard.

Il ne vit aucun signe de caméras jusqu'à maintenant. Mais il n'avait pas confiance. Il avait l'impression que quelqu'un avait complètement inspecté l'endroit. Et ce n'était pas bon. Il se dirigea vers sa chambre avec la même impression qu'une personne était passée par là. Ce n'était pas bon non plus. S'il y avait des caméras, il ne pouvait pas se permettre d'être identifié.

Dans le placard, il tira une taie d'oreiller de l'étagère et, avec son canif, y réalisa rapidement deux trous avant de la passer sur sa tête. Puis il entra dans sa chambre avec désinvolture. Calmement et efficacement, il rangea toutes ses affaires. Elle avait apporté deux sacs, et, bien sûr, les deux étaient bien remplis quand il eut fini. Il fit le lit et débarrassa la salle de bain du nécessaire de toilette, puis porta les bagages jusqu'en haut des escaliers avant de prendre le sien, déjà rempli. En mission, il était toujours prêt.

En portant tout en bas, y compris l'ordinateur portable

de Katina, il se dirigea vers le bureau et récupéra le sien. Avec un dernier regard autour de lui, il se rendit vers la cuisine, puis vers la porte arrière. Ils étaient souvent sortis d'ici. Il posa les sacs et l'ordinateur portable sur le porche arrière, se retourna pour la considérer et la salua, lui indiquant que tout allait bien.

Dans la cuisine, il sortit le panier d'Alfred du placard et commença à ranger rapidement tout ce qu'ils avaient de comestible. Le reste, il le jeta aux ordures et ferma le sac poubelle. Ils allaient devoir le déposer sur la route. Il n'avait pas le temps de s'en débarrasser maintenant.

Les clés du camion étaient cachées, et le véhicule était dans le garage. Il retourna sous le porche, attrapa les sacs, les descendit par les escaliers et ouvrit la porte du garage, heureux que le camion soit encore là. Utilisant un temps précieux, il jeta ce qu'il transportait à l'arrière, ouvrit la boîte à gants, sortit un testeur et scanna rapidement le véhicule.

Ne trouvant rien d'inquiétant, il courut à l'intérieur pour le reste de leurs affaires. Le temps qu'il nettoie les ordures qu'il avait laissées, elle se tenait en bas de la colline. Furieux, il se tourna vers elle et lui lança :

— Je t'ai dit de rester là-bas.

— Et pourtant tu m'as fait signe. Je pensais que ça signifiait que tout était bon.

Elle haussa les épaules.

— Je me demandais s'il fallait boucler les bagages.

Elle s'arrêta et l'observa.

— Pourquoi est-ce que tu portes ça ?

Il fronça les sourcils, puis réalisa qu'elle faisait référence à la taie d'oreiller. Il l'enleva de sa tête et déclara :

— Merde ! Monte dans le camion. On a fini.

— Je dois jeter un dernier coup d'œil pour vérifier si tu

n'as rien oublié. As-tu pris tous mes vêtements, mes affaires de toilette et mon ordinateur ?

Il opina du chef.

— À moins que tu n'aies caché quelque chose ?

Instantanément, elle secoua la tête.

— Non, je te le promets.

Il fit un signe vers le camion.

— Monte.

Il remit la taie d'oreiller sur sa tête et traversa la maison une dernière fois, puis verrouilla rapidement toutes les portes. De retour au garage, il monta dans le véhicule, ôta la taie d'oreiller et démarra le moteur. Et se rendit compte que Katina n'était plus assise à l'intérieur.

Il sauta du camion et courut vers le côté passager.

Pour voir un homme tenant un pistolet sur sa gorge.

Merk jura. D'où venait cet enfoiré ?

— Reste où tu es, et elle ne sera pas blessée.

— Évidemment, dit Katina avec amertume. Tu vas me tuer, comme tu as tué Freddy.

— Pas si tu es sage.

Il la tira vers la porte latérale menant à la cour, probablement par où il était entré après avoir vu Katina descendre la colline.

— Va te faire foutre, lança-t-elle.

Elle lui assena un coup de coude dans le ventre, avant de se retourner et de diriger son arme vers le haut. Un coup partit.

Merk fut sur lui en deux secondes, et le connard était par terre, inconscient. Merk prit Katina dans ses bras et enfouit son visage dans son cou.

— Mon Dieu, j'aurais pu te perdre.

Elle pleurait de façon incontrôlable contre sa poitrine. Il

aurait fait n'importe quoi pour la sauver de cette situation. Il lui accorda un moment, puis la déplaça doucement vers la porte passager du camion. C'était encore plus important de partir maintenant.

Et il était plus facile de la soulever que de l'inciter à lâcher prise. Il finit par démêler les bras de la jeune femme autour de son cou.

— Il faut qu'on s'en aille avant qu'il ne revienne à lui ou que ses camarades ne se pointent de nouveau, mais avant, je dois découvrir qui est cet homme.

Elle acquiesça et essuya ses yeux pleins de larmes.

Il se laissa tomber sur le type inconscient et vida ses poches. En ouvrant le portefeuille, Merk trouva son permis de conduire avec une photo correspondante, de l'argent liquide et plusieurs cartes de crédit, tous indiquant que l'homme était Samuel Cheevers.

— Laisse-moi voir, chuchota-t-elle, maintenant à côté de lui. Tu as appelé Levi ?

Bonne idée. Il jeta le tout sur ses genoux et recula pour prendre un cliché de l'homme. Il l'envoya rapidement à Levi et passa un coup de fil encore plus rapide.

Quand il eut terminé, Katina rendit les affaires du gars et dit :

— Il n'y a pas de raison de garder son portefeuille.

Merk le jeta sur le sol à côté du type, puis se dirigea vers le côté conducteur du véhicule. À présent, un sentiment d'urgence l'envahissait – durement.

Tout cela avait pris trop de temps. Si les complices de ce connard revenaient, ils étaient probablement en route. Donc Merk et Katina allaient être surpris en train de partir. Il arriva devant le garage, appuya sur le bouton pour fermer la porte, cachant l'homme couché à l'intérieur, puis conduisit lentement dans l'allée et prit le virage. Il se dirigea dans la direction opposée à celle de la voiture qu'il avait vue plus tôt et accéléra.

Avec un peu de chance, ils s'en sortiraient indemnes et libres. Mais il ne vivait pas dans un monde de chance. En général, il devait s'extraire de ces situations difficiles pour être libre.

Chapitre 16

ELLE SE DEMANDAIT combien de temps il lui faudrait pour se détendre suffisamment afin de se rendre compte qu'ils étaient en sécurité. Merk conduisait comme un fou depuis une heure déjà, et elle ne cessait de regarder derrière elle pour voir s'ils étaient suivis. Elle aurait besoin de temps avant d'oublier la sensation de quelqu'un tenant une arme sur elle. Pourtant elle s'en était libérée, et Merk l'avait mis à terre.

Elle pouvait être fière de ça.

Mais la tension s'enroulait dans son estomac comme un serpent prêt à la tuer.

Finalement, elle se força à se détendre en pratiquant quelques techniques de respiration profonde.

— Tu te sens mieux ? la questionna Merk, sa voix calme et tranquille flottant dans le camion.

Il était manifestement habitué à gérer ce genre de cauchemar.

— Un peu, oui.

— Beau travail, là-bas.

— Merci. On formait une bonne équipe, admit-elle. Tu ne réalises pas à quel point tes muscles sont noués jusqu'à ce que tu essaies de les dénouer. Où est-ce qu'on va maintenant ?

— Une autre maison, un autre État.

Et c'est tout ce qu'il offrit. Ça n'avait pas vraiment d'importance. Tant que personne ne leur tirait dessus, ça allait. L'idée d'être séparée de Merk en ce moment était terrifiante. Il était grand, solide, une barrière fiable entre elle et ces méchants.

— Combien de temps penses-tu qu'on sera en sécurité ?

— Aucune idée. Levi est en train de traiter avec le procureur. Ils doivent rassembler tout le monde et voir jusqu'où va le poison. Ce genre de crimes peut impliquer des dizaines de personnes.

Il quitta la route des yeux pour jeter un coup d'œil dans sa direction.

— Et il a demandé à la police locale de s'occuper du Samuel Cheevers qu'on a laissé derrière nous, mais il était parti.

— Bien sûr.

Peut-être qu'ils auraient dû le tuer après tout.

— Les forces de l'ordre ne se soucient pas des petits gars comme lui, dit-elle. Ce qu'ils veulent vraiment, c'est le gros poisson.

Elle leva le bras pour se frotter la tempe, là où le tireur l'avait frappée. Entre les points de suture sur sa jambe et l'hématome sur sa tempe, elle serait dans un sale état avant de rentrer chez elle. Où que ce soit.

— Ça dépend si ce sont les petits gars qui ont commis les crimes. Même si les gros poissons les ont commandés, ce sont les petits poissons qui sont passés à l'acte.

C'est vrai. Eloise et Freddy. Et, bien sûr, son propre enlèvement et l'incident d'aujourd'hui. Sachant qu'ils allaient rouler pendant quelques heures, elle se blottit dans un coin du camion et essaya de dormir.

Son portable sonna. C'était Anna.

— Y a-t-il une chance que mon téléphone soit le problème ?

— Peu probable. C'est un SMS ou un e-mail qui vient d'arriver ?

— Un texto d'Anna.

Elle lut le message et gloussa.

— Elle n'apprécie pas Flynn. Elle veut qu'il disparaisse et souhaite savoir combien de temps il lui faudra pour le virer de sa vie.

Merk ricana.

— Ça ne m'étonne pas de lui.

— Alors, est-ce que je peux répondre en toute sécurité ?

Il la regarda.

— Oui.

Elle se mit à répondre au texto, en prenant soin de ne rien dire d'important, et en ajoutant que Flynn était vraiment un bon gars. Anna devait simplement s'habituer à lui.

Sa réplique arriva en quelques secondes.

Pas moyen de s'habituer à cet abruti.

Katina détestait vraiment avoir mis Anna dans cette situation, mais c'était pour son bien, et, si Merk affirmait que Flynn était un type bien, alors elle lui faisait confiance. Anna n'était pas la personne la plus facile non plus. Elle avait tendance à être beaucoup trop passionnée et emphatique sur tout dans son monde. Et son monde tournait autour du sauvetage des animaux.

Quelques heures plus tard, Katina se réveilla avec intérêt tandis que Merk ralentit le véhicule et quitta la route principale. Elle frotta le sommeil de ses yeux et réalisa qu'elle venait de manquer un panneau. Il roula pendant encore dix ou quinze minutes, puis prit un chemin de terre. Elle fronça les sourcils et regarda à travers le pare-brise dans l'obscurité.

— Cette fois, on est vraiment vraiment en dehors de la

route principale.

— Absolument. Il n'y a rien de plus rustique que ça.

Elle espérait que ce n'était pas trop rustique. Elle aimait quand même quelques commodités modernes, comme l'eau courante. Mais si rester en vie signifiait s'en passer, alors c'était bien aussi.

Quand il s'arrêta finalement, c'était devant une petite cabane en rondins. Il sauta du camion, attrapa une lampe de poche derrière le siège et s'approcha pour l'aider à descendre. Normalement, elle sortait toute seule, mais elle voyait bien qu'elle aurait besoin d'assistance ici, car il n'y avait pas de chemin. Il lui montra le passage jusqu'à la porte d'entrée. Elle était maintenant en mesure de voir que ce n'était pas vraiment une cabane en rondins, mais une bicoque rustique avec quelques planches pour les côtés. Pendant qu'elle étudiait l'extérieur, il ouvrit la porte. Et elle réalisa qu'il devait avoir une clé cachée quelque part. Elle ne l'avait pas vu la chercher. Il ne pouvait pas savoir qu'ils iraient dans tous ces endroits avant de partir. Ou peut-être ?

S'il avait vraiment anticipé ce niveau de problèmes, elle se demandait ce qui était prévu d'autre.

À l'intérieur, il y avait des meubles en bois et une cheminée avec les bûches empilées sur le côté. Elle se demanda de nouveau s'il y avait des équipements modernes. Elle fut soulagée lorsqu'il appuya sur un interrupteur et qu'une faible lumière ambiante brilla d'en haut.

— Je ne suis pas venu ici depuis un moment. Mais j'ai toujours aimé cet endroit.

Merk entra dans une autre pièce, et elle le suivit.

Une cuisine avec un réfrigérateur. Il ouvrit la porte de celui-ci pour constater qu'il avait été récemment entièrement rempli.

Son humeur s'améliora instantanément.

— Je constate que tu as des assistants partout dans la maison.

— Oui.

— Mais est-ce que ça veut dire que plus il y a de gens qui connaissent cet endroit, plus c'est dangereux pour tout le monde ?

— Personne ne sait qu'on est ici. Ce n'est pas parce que le frigo a été approvisionné que quelqu'un a la moindre idée de qui va venir.

Elle considéra cela et réalisa qu'il avait raison. S'il s'agissait d'une cabine de location, des services comme les courses étaient souvent fournis pour les nouveaux arrivants. Et qui savait qui arrivait, car le but était la paix, le calme et l'intimité.

Katina attendit à l'intérieur, étudiant la grande cheminée, se demandant si elle savait vraiment comment allumer un feu pendant qu'il allait au camion et apportait leurs bagages. Elle décida que ses jours de camping n'étaient pas si loin derrière elle, et qu'elle parviendrait peut-être à réussir cela.

Elle froissa du papier qui se trouvait sur le côté, puis ouvrit la porte de la cheminée. En utilisant le petit bois, elle alluma un petit feu. Elle se sentait fière d'elle-même alors qu'elle regardait le bois prendre feu. Quand Merk eut fini, elle ajouta quelques grosses bûches par-dessus.

Il s'approcha pour se tenir à côté d'elle.

— Beau travail. J'allais m'en occuper ensuite.

Et puis la cafetière sonna. Elle se rendit compte qu'il avait préparé du café pendant qu'elle allumait le feu.

Avec un grand sourire, elle dit :

— On fait une belle paire.

Il lui tendit les bras, et elle se jeta dedans, reconnaissante. Il la serra contre lui.

— C'est vrai. J'ai conscience que tout ça t'inquiète, mais on ne sera ici que pour quelques jours, peut-être une semaine, puis on repartira.

Elle hocha la tête, se berçant doucement contre sa poitrine.

— Merci de t'occuper si bien de moi, chuchota-t-elle.

— Si je m'occupais bien de toi, tu peux parier que tu n'aurais jamais vu le corps de Freddy, et que tu n'aurais pas eu une peur bleue lorsque les intrus sont entrés dans la maison ou qu'ils ont ensuite pointé une arme sur ta gorge.

— Mais ce n'est pas grave. On s'est enfuis, et qui sait où ils sont maintenant.

Elle inclina sa tête en arrière et l'observa.

— Je déteste dire ça, mais j'ai faim.

Il déposa un baiser sur le bout de son nez et répondit :

— Je m'y attendais en réalité. Je suis surpris que tu aies fait tout le voyage sans demander le panier d'Alfred.

— Je vais aller au frigo.

Elle se dégagea de ses bras et ouvrit la porte du réfrigérateur pour l'explorer. À côté d'elle, il étudia le contenu et l'interrogea :

— Qu'est-ce que tu veux ?

— Je vote pour les sandwiches. Ce sera le plus rapide.

Elle fouilla dans le frigo et en sortit les ingrédients.

Deux sortes de viandes, du fromage, de la laitue, des tomates et des oignons. Il trouva une miche de pain frais et l'apporta. À eux deux, ils mirent la main sur le reste des choses dont ils avaient besoin, comme un couteau pour couper le pain, les oignons et les tomates. Ils s'assirent devant le feu, qui brûlait maintenant joyeusement, et grignotèrent des sandwiches.

— Quelle heure est-il ?

Elle regarda son téléphone qu'elle avait laissé sur la table.

— Il est plus de 20 heures.

Elle opina du chef.

— Je suppose que les chambres sont à l'étage, mais, s'il ne fait pas plus chaud là-haut, je vote pour qu'on dorme devant le feu.

— Il y a des petits chauffages si on en a besoin. Mais je ne crois pas qu'il y ait une chaudière centrale.

Elle secoua la tête.

— Comment c'est possible à notre époque ? Il fait manifestement très froid ici.

— Tu te souviens quand on t'a dit d'apporter quelque chose de chaud ?

Et cela répondait à sa question précédente.

— Tu avais prévu de venir ici dans tous les cas ?

— Bien sûr, c'est notre deuxième endroit sur la route.

— La route ?

Elle étudia son visage dans les ombres vacillantes. Ils étaient assis ensemble sur le même canapé, et elle était assez proche pour voir le reflet de ses yeux tandis que les flammes vacillaient et dansaient dans la cheminée.

Il expliqua :

— On doit avoir plusieurs lieux proches et disponibles, alors j'ai établi un itinéraire circulaire qui nous ramènera à la maison vers le complexe quand et si ce sera sûr.

— Quand et si ? répéta-t-elle, sa voix s'élevant. S'il te plaît, dis-moi que ce ne sera pas un problème à long terme.

— C'est possible, admit-il. Mais on ne peut pas se concentrer là-dessus. Tu as mis quelque chose en marche, et on s'efforce de gérer les retombées.

Bien. Ça remettait les choses en perspective. Elle s'affaissa.

— Eh bien, je n'ai pas de travail qui va me manquer, mais je ne peux pas passer les prochains mois à rester sous couverture sans faire quoi que ce soit, se plaignit-elle.

— On s'en contentera, dit-il joyeusement. Ne nous inquiétons pas du délai. Ça ne fait même pas encore une semaine.

Elle acquiesça.

— Quelqu'un d'autre est-il susceptible de savoir que c'est le deuxième endroit sur ton itinéraire ?

— Ne t'inquiète pas, souffla-t-il.

— Quelqu'un d'autre connaît-il cet endroit ? insista-t-elle en regardant son visage. Si le camion et nos téléphones n'étaient pas tracés, personne ne sait où on est ?

— Les seules personnes qui sont au courant sont Levi, Ice et le reste de l'équipe.

Il se blottit contre le coin du canapé et l'attira doucement contre sa poitrine.

— Relax. On va passer une semaine dans les bois, rien que tous les deux.

Était-ce son imagination, ou y avait-il un petit soupçon d'insinuation là-dedans ? Ou peut-être une question pour voir comment elle réagirait ? À l'intérieur, elle souriait. Parce que, bon sang, si elle désirait bien une chose en ce moment, c'était une semaine en isolement complet. Juste tous les deux. Les petites villes, c'était bien, mais là, ça allait être une expérience complètement différente.

En ce qui la concernait, il était temps de revenir à leur relation, quoi que cela signifiait. Et quel moment idéal pour découvrir ce qui se développait entre eux. Cela se passerait soit à l'étage dans le lit, soit ici devant la cheminée. Elle n'avait pas l'intention de le quitter. Et, non, pas parce qu'elle avait peur, mais parce que cet homme la rendait folle depuis longtemps. Elle savait à quel point ils étaient bien ensemble. Elle voulait simplement avoir une chance de le découvrir de nouveau.

Elle changea de position pour être en mesure de se redresser. Elle se pencha et embrassa sa joue.

— Une semaine ensemble, c'est parfait.

Il se retourna et étudia son visage dans l'ombre. Elle pouvait voir la question dans son regard. Mais elle retint son sourire. Elle voulait voir s'il allait trouver quelque chose. Ou si elle devait le faire. Bien sûr, il était en service, alors qu'elle ne l'était pas. En réalité, elle n'avait aucun scrupule à le mener sur le mauvais chemin, si c'était ce qui le retenait.

De sa main libre, il caressa lentement sa joue, laissant son pouce passer sur ses lèvres. Elle l'embrassa, le mordillant très légèrement. Quand il leva un sourcil, elle afficha un rictus. Il prit son menton et l'inclina vers lui, puis se pencha en avant et l'embrassa doucement.

IL DEVAIT ADMETTRE que c'était dans un coin de sa tête quand il avait réalisé qu'ils venaient ici. Il s'était demandé s'il allait l'emmener dans son lit au dernier endroit, mais elle ne s'était pas assez calmée. Et il y avait assez de choses à gérer pour occuper leurs esprits. De plus, c'était amusant de voir leur relation grandir et s'approfondir. Les petits coups d'œil taquins et les regards aguicheurs. Ils se dirigeaient tous les deux vers ce moment. Et maintenant, sur un canapé devant la cheminée, il était difficile de ne pas penser que c'était le moment parfait.

Il approfondit le baiser, ravi qu'elle jette les bras autour de son cou et l'embrasse en retour. Il l'écrasa contre sa poitrine, se rappelant comment ses réponses passionnées l'avaient touchée la dernière fois. Ils avaient passé des heures au lit, à se rouler dans les draps, appréciant d'être si parfaitement assortis. Il ne s'attendait pas à ce que ce soit différent.

— En haut ou ici ?

Elle se détendit, un regard légèrement confus dans ses yeux qu'il aimait. Il déposa un baiser sur son nez et, ne voulant pas perdre son goût, il recommença, puis recommença encore. Il finit par explorer tout son visage, embrassant ses paupières, ses joues, avant de retrouver ses lèvres.

Elle n'avait toujours pas répondu. Et il réalisa qu'il y avait de fortes chances qu'ils n'arrivent pas jusqu'à la chambre. En ce qui concernait l'espace, il n'était pas sûr qu'un petit canapé soit la meilleure solution non plus.

Il la poussa à s'asseoir à côté de lui. Il se leva rapidement, déplaça la table basse, la tira sur ses pieds et l'emmena près de la cheminée. Il enleva les gros coussins du divan, les posa devant l'âtre et se recula pour attendre. Ses yeux allèrent de la cheminée au matelas de fortune, puis revinrent sur lui.

— J'aime la débrouillardise.

Par surprise, elle enleva ses chaussures, ses chaussettes, puis son pull.

Et se déshabilla jusqu'à la peau. Elle était complètement à l'aise dans sa nudité, les ombres dansant sur ses collines et ses vallées. Il était abasourdi par sa beauté naturelle. Il n'avait jamais vraiment eu l'occasion de la voir à Vegas. Pas comme ça. Elle s'avança sur le matelas et fit un pas de plus vers lui.

— Tu n'es pas un peu trop habillé ?

Cela le força à agir. Il s'assit pour ôter ses bottes et ses chaussettes, tira sur sa chemise pour la faire passer par-dessus sa tête. Le temps qu'il atteigne la boucle de sa ceinture, il était déjà dur et prêt. Il réussit à ouvrir la boucle avant qu'elle ne glisse ses mains dans son jean, et la poursuite de son effeuillage s'arrêta net. Il pencha sa tête en arrière, retenant à peine ses gémissements alors qu'elle caressait le bout de son corps.

D'une voix épaisse, il dit :

— Si tu continues comme ça, ce sera fini avant même de commencer.

Ses doigts défirent le bouton pression de son jean et baissèrent la fermeture éclair. Elle rétorqua :

— Si je me souviens bien, tu n'as jamais été très long avant d'être prêt pour le deuxième round.

Glissant ses mains dans son caleçon, elle fit descendre ce dernier sur ses hanches et sur ses genoux.

Bon sang. Il pouvait à peine sortir de ses vêtements avec ses paumes qui l'exploraient avec tant d'ardeur. En passant ses doigts dans ses cheveux, il se rendit compte qu'il n'avait jamais rien vu de plus beau. Elle avait un manque total de conscience de soi qui était charmant. Elle était satisfaite de qui elle était en tant que personne. Lorsque ses lèvres se refermèrent sur le bout de son érection, un gémissement s'échappa. Saisissant ses mains baladeuses, il recula d'un pas et la déplaça jusqu'à ce qu'elle soit allongée sur toute la longueur du matelas. Il se laissa tomber à côté d'elle avant qu'elle ne puisse se remettre à genoux.

Il tira ses mains au-dessus de sa tête pour les maintenir immobiles et descendit sa bouche, l'embrassant comme il avait envie de le faire depuis des jours, des semaines, semblait-il. Pas moyen que ça se termine si vite. Il ne l'accepterait pas. Il l'attendait avec impatience depuis longtemps. Et le souvenir de ce qu'ils avaient vécu ensemble le hantait depuis encore plus longtemps.

Parce que, bien qu'elle ait ri de l'idée, il avait songé à ce qui se serait passé si... Il avait songé à ce qui se serait passé s'ils avaient vraiment essayé. Et il s'était inquiété et interrogé.

Il avait prétendu que se marier était une erreur. Mais il s'était souvent demandé si le fait de la quitter le lendemain n'avait pas été la plus grosse erreur. À l'époque, il semblait que rien d'aussi parfait, d'aussi merveilleux, ne pouvait être une bévue. Alors, après s'être éloigné, il avait remis en question sa santé mentale.

Quand il avait quitté l'armée, il avait repensé à tout ça, mais il n'avait pas cherché à renouer le contact avec elle. Il croyait qu'elle était passée à autre chose.

Mais, bien sûr, elle avait été tout aussi occupée que lui. Ils n'avaient pas trouvé le temps de se reconnecter. Mais il avait toujours su qu'il le voulait, au fond de son esprit. Ici, il avait une chance de lui prouver qu'ils étaient faits pour être ensemble.

Parce que, s'il avait appris quelque chose, cette dernière semaine lui avait montré qu'ils s'étaient mis ensemble une fois auparavant parce que c'était une bonne chose. Comment se mettre ensemble maintenant pourrait ne pas en être une ? Il souhaitait une chance de réparer son erreur.

Quelque chose d'aussi bon ne pouvait pas être mauvais.

Chapitre 17

AU PREMIER CONTACT de ses lèvres, les souvenirs remontèrent à la surface. Seigneur, elle le voulait. Depuis ce baiser, elle n'avait jamais réussi à s'en passer. Onze ans n'y avaient rien changé. Mais maintenant que le moment était venu, elle n'avait aucun mal à se dévêtir et à se tenir debout comme elle l'avait toujours fait. Quand elle se lançait dans quelque chose, c'était à 100 %. Elle était comme ça.

Quand il l'imita, elle ne fut pas capable de résister. Elle entra dans son pantalon, et ses mains allèrent partout sur lui. Ça avait toujours été comme ça. Elle n'avait jamais réussi à s'empêcher de le toucher, de l'embrasser.

Ils avaient fait l'amour encore et encore dans cette chambre d'hôtel. Ils étaient tellement absorbés l'un par l'autre, appréciant tellement la passion de l'autre, que la nuit avait été sans fin. Quand ils s'étaient finalement endormis, c'était comme si quelqu'un les avait frappés tous les deux avec la réalité à leur réveil. C'était choquant. Ils étaient passés du chaud au froid, et maintenant tout ce qu'elle pouvait remarquer était la chaleur qui les brûlait de nouveau. Et elle le désirait. Mon Dieu, elle le désirait encore plus.

Et elle luttait pour rester saine d'esprit alors que ses doigts aguicheurs la caressaient entre ses jambes, que sa langue la goûtait, plongeait en elle, se promenait sur ses courbes, et que ses dents la mordillaient. Elle était déjà humide et ouverte pour lui.

Et pourtant, il se retenait.

— Ne me provoque pas, ordonna-t-elle.

Un lent gloussement sexy lui parvint. Elle fronça les sourcils. Elle ne connaissait que trop bien ce son. Elle se redressa, l'attrapa par les épaules et essaya de le tirer vers sa bouche. Au lieu de cela, il baissa la tête et l'embrassa sauvagement. Elle gémit en levant ses hanches, cherchant instinctivement à en avoir plus.

Il enroula ses mains autour de sa taille, la maintint fermement et reprit son supplice. Sa langue plongeait et savourait, et ses mains ne voulaient pas la lâcher.

Lorsqu'il passa finalement à son bassin, à son nombril, puis à ses seins, elle n'était plus qu'une gelée sans âme. Une fois de plus, elle était tellement captivée par le fait d'être avec lui que son esprit ne fonctionnait plus et qu'elle entrait directement dans la fureur – une conflagration qui menaçait de les brûler tous les deux. Elle le caressa, l'embrassa, le provoqua et le mordit en retour.

Quand il la pénétra, il savait que son corps lui appartenait déjà.

À son premier aller-retour, elle cria. Au deuxième, elle cria plus fort, et au troisième, elle craqua.

Mais il n'avait pas fini. Il la tint enfermée dans ses bras et se glissa en elle jusqu'au bout, puis il se pencha sur son minuscule clitoris et le taquina jusqu'au deuxième orgasme. Et ça a continué.

Quand il s'effondra finalement à côté d'elle, elle tremblait, ses frissons secouant littéralement son corps.

Il ne pouvait pas tirer de couverture sur eux parce qu'il n'y avait pas pensé.

Au lieu de cela, il la couvrit de son propre corps une fois

de plus et lui murmura des mots doux à l'oreille.

— Tout doux, bébé. C'est tellement beau d'être de nouveau avec toi. Tu es si passionnée. Si naturelle. Si honnête dans tes réponses. Mon Dieu, j'adore être là. Comment est-il possible qu'on se soit éloignés de ça ?

Il était comme ça. Non seulement il savait manier ses doigts, ses mains et sa bouche, mais aussi sa... voix. Il lui disait toujours les plus belles choses. Elle se sentait dorlotée. Elle se sentait adorée. Mais surtout, elle se sentait aimée. Et c'était le plus grand sentiment de tous.

— Tu vas bien ? lui demanda-t-il à voix basse, sa main parcourant doucement son épaule.

— Ça ira, murmura-t-elle avec un petit rire. J'avais oublié ce que c'était de faire l'amour avec toi.

Il baissa la tête et l'embrassa doucement.

— J'espère que ça ne t'a rappelé que de bons souvenirs.

Elle passa ses bras autour de son cou et le serra contre elle.

— Les meilleurs.

Il se décala sur le côté et la fit rouler pour qu'elle soit contre sa poitrine. Il glissa une jambe lourde sur la sienne et l'étreignit contre lui. C'était une autre chose qu'elle aimait. Après l'amour, il était le genre de gars qui vous serre juste contre lui. Il attendait que les battements de votre cœur se calment et vous câlinait.

Tous les hommes devraient apprendre à faire des câlins. Elle sourit à ses pensées et se blottit contre lui.

— Tu étais sérieux ? On va vraiment passer une semaine ici à faire ça tous les soirs ?

Elle le sentit sursauter, puis émettre un gloussement grave et profond. Son sourire s'élargit. Elle inclina légèrement sa tête en arrière pour pouvoir regarder son visage. Elle lui fit les yeux doux et dit :

— À moins que tu n'aies autre chose à proposer, comme travailler ou jouer aux cartes.

Il la força à rouler sur le dos une fois de plus, atterrissant entre ses jambes écartées. Elle parvenait déjà à sentir l'érection contre elle.

— Déjà ?

Et il se glissa à l'intérieur.

— Déjà, affirma-t-il. En plus, si on n'a qu'une semaine, on devrait en profiter au maximum.

Et c'est ce qu'ils firent.

Le soir même, ils explorèrent l'étage et trouvèrent plusieurs couvertures, qu'ils traînèrent jusqu'à la cheminée. Avec une bouteille de vin qu'ils trouvèrent dans le placard, la nuit fut sans fin. Bien sûr, au petit matin, ils étaient si fatigués et comateux qu'ils décidèrent de se câliner et de faire une sieste pour la journée.

Et elle en était ravie. Elle ne se souvenait pas d'avoir passé autant de temps au lit, sauf avec Merk. Les deux seules fois où c'était arrivé, c'était avec Merk.

Après tout, pas de raison de se précipiter cette fois.

Ils déménagèrent à l'étage plus tard dans la journée. De plus, l'immense lit avait besoin d'un baptême.

Deux jours plus tard, ils se mirent à faire l'amour le soir, le matin, et puis bien sûr, pourquoi pas l'après-midi ? Parce que c'était tellement bon.

Ils étaient perdus dans une brume de romance à laquelle elle ne s'attendait pas. Ils ne parlaient pas de leur avenir, uniquement de leur passé et de qui ils étaient à ce moment de leur vie.

Le troisième après-midi, alors qu'elle se blottit contre lui sur le canapé, elle déclara :

— Je ne sais pas où déménager. Je ne pense pas que ce soit une bonne idée de rester à Houston.

— Où aimerais-tu aller ?

Il caressa doucement son bras de haut en bas.

— Le monde est grand. Y a-t-il un endroit où tu veux vivre ?

Elle le regarda fixement un moment.

— Est-ce mal de dire que je veux être où tu es ?

Il la considéra avec un sourire dans les yeux, ce qui lui fit chaud au cœur. Elle ne s'attendait pas à ressentir cela avec quelqu'un.

Il passa doucement son pouce sur sa lèvre inférieure.

— Mais cela signifierait rester à Houston, ou à moins d'une heure de cette ville.

Elle hocha la tête.

— Je ne sais pas si ce sera un jour sûr pour moi.

— La société pour laquelle tu travaillais n'avait pas son siège social là-bas. Les bureaux sont en Californie, donc il y a des chances qu'une fois que tout sera fermé et nettoyé, ce ne sera plus un problème.

Elle aimait entendre ça. De plus, c'était une ville très grande, les chances de rencontrer quelqu'un avec qui elle avait collaboré étaient minces. Et ceux avec qui elle avait travaillé et qui étaient plus haut placés iraient, avec un peu de chance, en prison.

Le téléphone de Merk sonna juste à ce moment-là. Il déplaça Katina pour attraper son portable sur la table. Elle s'allongea sur le canapé, la tête sur ses genoux, et écouta pendant qu'il parlait à Levi.

— Non, aucun signe de quoi que ce soit ici.

Heureusement, pensa-t-elle. Parce que c'était idyllique, mais elle avait conscience que quelque chose était susceptible d'interrompre leur petite retraite de vacances à tout moment.

Elle attendit qu'il prenne de nouveau la parole. Quand elle leva les yeux, elle vit un froncement de sourcils sur son visage et comprit que ce n'était pas une bonne nouvelle. Il déplaça le téléphone pour qu'elle soit en mesure d'entendre la conversation.

Il sourit.

— Ils ont tout le monde sauf le gros poisson.

Elle patienta, le souffle coupé.

— Et c'est lui qui avait ordonné l'enlèvement de Katina. Et qui avait commandité le meurtre d'Eloise. En d'autres termes, le seul connard qu'on devait attraper est celui qui est libre. Merde !

Silence encore une fois alors que Merk écoutait Levi.

— Bon, soit il est en fuite, soit il est en train de s'en prendre aux témoins qui pourraient l'envoyer en prison à vie.

Elle écouta, son cœur devenant lourd. Le ton de Merk était dur, et elle réalisa que c'était probablement la pire des nouvelles.

La conversation se poursuivit, mais il n'y avait pas grand-chose de différent. Quand il raccrocha le téléphone, toute l'atmosphère changea. Le côté de Merk où elle avait reposé sa tête était maintenant verrouillé par des muscles endurcis.

— On s'en va ? demanda-t-elle doucement.

Elle détestait l'idée, mais était prête à partir si nécessaire.

Immédiatement, sa main se posa sur son épaule. Il caressa ensuite la longueur de son bras et entrelaça ses doigts dans les siens.

— Non, pas pour le moment.

— Donc le type court toujours quelque part ?

Il opina du chef.

— Et c'est quelqu'un qui peut t'identifier. Parce que

c'est ton ancien patron. Robert Carlisle.

Elle se mit en position assise et se tourna pour le regarder.

— Robert ?

Il acquiesça, et elle secoua la tête.

— Mais c'était un homme bien. Pourquoi aurait-il organisé un coup contre moi ?

Il lui lança un regard qui signifiait « Tu sais pourquoi ».

Elle roula les yeux en arrière et dit :

— OK, OK. Je comprends. Mais c'est la personne la plus normale qui soit. Il était gentil. Il s'arrêtait toujours pour parler. Il avait du temps pour tout le monde dans l'entreprise.

— Il y a de fortes chances qu'il vérifiait simplement que vous suiviez tous la ligne de conduite de l'entreprise et que vous soyez de bons petits robots, rétorqua Merk avec un sourire. Sais-tu beaucoup de choses sur lui ?

— Il aimait pêcher, et il avait plusieurs endroits favoris. Sa famille avait une cabane sur un lac. Il y allait souvent.

— Et comment es-tu au courant de ça ?

— Il avait l'habitude de ramener des photos de lui, brandissant ses trophées. Lors d'un voyage, il est revenu avec un poisson particulièrement gros, et il était si excité qu'il racontait à tout le monde où il l'avait eu.

— Tu te rappelles où ?

Elle fronça les sourcils.

— Le lac Satsuma ou quelque chose comme ça.

Elle haussa les épaules.

— Honnêtement, s'il n'avait pas été mon patron, j'aurais tourné les talons et je serais partie. Mais, à cause de qui il était, je me suis arrêtée, et j'ai souri et fait tous les bruits appropriés. Mais je m'en fichais vraiment, car je ne supporte pas la pêche.

Il lui lança un regard d'horreur.

— Tu n'aimes pas la pêche ? C'est le métier rêvé de tout homme.

Elle rit.

— Et moi qui croyais que c'était faire l'amour.

Son sourire éclata.

— OK, donc la pêche vient en seconde place.

Il ouvrit son téléphone et rappela Levi.

— Selon Katina, l'homme était un pêcheur passionné. Et sa famille possède une cabane quelque part sur un lac. Satsuma ou quelque chose qui sonne comme ça.

Katina s'approcha et attrapa son bras.

Il leva un sourcil.

— Attends, Levi. Katina a quelque chose d'autre.

— Dans le portefeuille de Samuel Cheevers, il y avait une adresse : 428 Morgan Street, Houston.

— Une idée où ça peut être ?

Elle secoua la tête.

— Non, mais il était écrit 23 heures à côté, donc une sorte de réunion. Mais aucune date n'a été donnée.

— Levi, tu as entendu ça ?

Merk raccrocha et dit :

— Levi est en train de vérifier.

— Je ne veux vraiment pas penser que quelqu'un soit encore dehors à ma recherche.

— C'est trop possible. C'est pourquoi on ne peut jamais vraiment baisser notre garde. Tant qu'on ne l'a pas attrapé, ce n'est pas fini.

LE LENDEMAIN, MERK répondit au téléphone pour entendre

la bonne nouvelle. Il se retourna et sourit à Katina.

— C'était Levi. Apparemment, Robert a été attrapé à la cabane. Comme on le soupçonnait, il s'était planqué. Il n'a pas résisté à l'arrestation, il est venu de son plein gré. Il est en train d'être emmené en ville maintenant.

Elle se jeta sur lui, en hurlant de joie.

Il la souleva et la fit pivoter.

— Il semble qu'on a battu celui-là. Cheevers n'est plus une menace depuis que tous les patrons ont été arrêtés. Il n'y a plus d'incitation pour les gars de bas niveau à continuer le travail.

Quand il se retira, il ajouta :

— Levi a aussi dit qu'il était temps de rentrer à la maison.

— Tout de suite ou demain matin ? demanda-t-elle avec un œil mauvais.

Il gloussa.

— Vu qu'il n'est que 1 heure de l'après-midi, j'aurai du mal à trouver une excuse pour ne pas partir avant demain matin.

Il regarda son visage se décomposer, mais elle hocha la tête.

— Je suppose que nos vacances sont terminées.

— Des vacances ? Je pensais qu'on construisait une relation ?

Elle se retourna pour le considérer avec surprise, un sourire naissant, lentement.

À couper le souffle.

— On était trop occupés à profiter du moment présent, admit-il en souriant. Et tu parlais de partir. Je ne voulais pas être celui qui t'empêche de voyager, si c'est ce que ton cœur désire.

Elle alla dans ses bras et déclara :

— En ce moment, tu es le désir de mon cœur.

Et elle l'embrassa profondément, lentement, comme elle savait si bien le faire, et il en était accro. Sa température était déjà au plus haut quand elle se retira.

— Maintenant, on fait nos bagages.

Avec un rire, elle quitta la pièce.

Bon sang. Il aurait bien aimé rester dans le coin un peu plus longtemps. Mais Levi avait raison, il était temps de retourner dans le monde réel.

Il vida rapidement le réfrigérateur et les placards. Il sortit le panier d'Alfred et y mit le reste de la nourriture.

Alors qu'il rangeait les tasses propres, il ouvrit un autre placard, son regard, pour la première fois, allant jusqu'à la deuxième étagère, et il se figea. Son esprit essaya de ne pas calculer ce que ses yeux voyaient, mais c'était impossible. Ils étaient là depuis quoi, quatre jours, et il ne l'avait pas remarqué ? Mais peut-être que ce n'était pas un dispositif d'écoute ? Il l'étudia, espérant une réponse différente, mais au fond de lui, il était parfaitement conscient de ce que c'était.

Dans ce cas, si quelqu'un espionnait, il saurait exactement où se trouvait Katina. Si c'était un des appareils de Levi, pas de problème.

Il considéra les ramifications de cela. Était-ce quelque chose que Levi avait dans la maison simplement au cas où ? Alors, Merk espérait que ses amis, pour leur bien, n'avaient pas écouté les trois derniers jours d'ébats amoureux. Ils venaient probablement, constataient que tout allait bien, et repartaient. Mais si ce micro n'était pas le leur ? Les autres auraient su que Katina était ici. Sauf qu'ils étaient là depuis des jours déjà, et personne n'avait surgi. Il s'appuya contre le comptoir, sortit son téléphone et appela Levi.

Il put entendre la perplexité dans sa voix quand il dit :

— Je ne pense pas qu'on ait un mouchard là-bas.

Merk resta debout et attendit, le micro dans sa main, pendant que Levi se détournait du portable et questionnait Ice.

Merk fut en mesure de distinguer sa réponse étouffée :

— Non.

— OK. Une idée de la raison pour laquelle personne n'est venu alors ?

— La bonne réponse serait qu'on a attrapé tous les criminels qui écoutaient ou surveillaient la situation. La mauvaise réponse serait qu'ils ont décidé que vous attaquer dans la maison n'était pas une bonne idée, donc ils attendent que vous fassiez un geste.

Merde ! Il mit fin à l'appel alors qu'un deuxième arriva immédiatement. Il répondit, le regard fixé sur le dispositif d'écoute. Mais son esprit était sur les informations de Levi.

— Allô.

— Sortez. Maintenant. Laissez tout tomber et partez.

La voix de son frère, Terkel, était dure et sûre.

— Ne discute pas. C'est une question de vie ou de mort. Bouge ton cul maintenant.

Bordel de merde !

— Temps imparti ?

— Vous avez cinq minutes. Dans dix, c'est trop tard.

Et à la manière typique de Terkel, il était parti. Mais Merk parvenait à entendre la voix chuchotée de son frère à l'arrière de sa tête, se terminant par la phrase habituelle : « Bonne chance, mon frère. »

Ils devaient se mobiliser… et maintenant. Son frère n'avait jamais tort.

Quelqu'un était à l'affût. Quelqu'un déjà en mouvement.

Chapitre 18

RENTRER À LA maison était censé être la partie facile. Mais elle sut que rien ne serait facile lorsque Merk disparut à l'extérieur après lui avoir dit de rester dans la cabane et de faire ses bagages rapidement, qu'il serait de retour dans deux minutes et qu'ils devaient partir immédiatement après.

Elle se mordit la lèvre inférieure pour s'empêcher de protester. Elle devait croire qu'il était conscient de ses actes. Si ce n'étaient que des mesures de précaution, tout allait bien. Mais d'après ses mots et son ton, c'était quelque chose de bien pire. Avec ses sacs prêts à côté de la porte, elle prépara rapidement du café pendant qu'elle attendait. Puis elle remplit deux thermos.

Après avoir lavé, elle n'avait toujours aucun signe de Merk. Elle fit un autre tour pour vérifier qu'ils avaient tout rangé et laissa délibérément le réfrigérateur ouvert et éteint. Elle ignorait si quelqu'un allait venir nettoyer la cabane, mais comme elle était vide, il lui semblait inutile de laisser le réfrigérateur allumé. Qui savait combien de temps il faudrait avant que quelqu'un d'autre ne séjourne ici. Elle détestait ces tergiversations. Prendre une décision, puis changer d'avis, ne pas savoir quoi faire. Finalement, elle s'assit sur son sac à côté de la porte arrière, et attendit.

Jusqu'à ce qu'elle entende des pas inconnus sur le

porche…

Elle se figea.

De là où elle était assise, elle ne pouvait pas voir qui c'était. Elle ne voulait pas bouger au cas où cela alerterait celui qui était là sur sa présence à l'intérieur. Elle repensa aux dernières minutes, se demandant si elle avait été devant les fenêtres et si quelqu'un aurait été en mesure de la remarquer.

Quand elle n'entendit aucun son de Merk entrant dans la maison ou l'appelant par son nom, ses nerfs se mirent en position. Suivis immédiatement par la panique. Elle jeta un coup d'œil à la porte arrière à côté de laquelle elle était assise et réalisa qu'elle n'était même pas verrouillée.

Les pas qu'elle avait entendus étaient de l'autre côté du porche. Elle ignorait s'ils venaient vers elle ou non. Si elle verrouillait la porte maintenant, ils sauraient qu'elle était là. Mais si elle la laissait ouverte, ils entreraient facilement. Cela ne faisait probablement aucune différence, car aucun de ces murs ou fenêtres ne les empêcherait de s'introduire de toute façon. S'ils voulaient entrer, ils entreraient. Son seul espoir était que Merk l'ait vu et qu'il soit en train de traquer ce connard.

Elle murmura une prière dans son esprit :

— Faites que ce soit Merk.

Elle attendit, la mâchoire serrée, les bras autour de la poitrine. Et encore une fois, elle ne distingua rien. Elle était sur le point de se convaincre qu'elle n'avait pas entendu un pas, peut-être simplement une branche qui craquait dehors. Quand la poignée de porte devant elle bougea très légèrement. Qu'elle était naïve.

Elle se leva d'un bond, ferma le verrou et courut vers la porte d'entrée. Elle fut dehors, dans les bois, en quelques secondes. Elle n'arrêta pas de courir jusqu'à ce qu'elle soit au milieu d'une épaisse forêt de conifères. Elle n'avait pas vu ou entendu quelqu'un courir après elle, mais cela ne calma pas sa panique.

Apercevant un grand arbre, elle se précipita vers les branches basses et y grimpa. Elle ne s'interrompit pas jusqu'à être enfouie dans les branches supérieures et complètement cachée de la vue.

Dans son esprit, elle avait conscience que ça ne pouvait pas être Merk. Il aurait prononcé quelque chose. Il n'aurait jamais pu la terroriser comme ça. Et cela signifiait que quelqu'un d'autre était là.

Ne se sentant toujours pas en sécurité au niveau qu'elle avait atteint, elle se hissa plus haut. Elle s'accrocha au tronc de l'arbre, enfouie profondément dans les branches. Elle réalisa que sa veste était bleu clair et était facilement repérable. Son t-shirt noir était en dessous. Après avoir enlevé la veste, elle la coinça entre elle et le tronc d'arbre.

Elle ignorait combien de temps il faudrait avant qu'on la trouve, mais il était hors de question qu'elle bouge avant de savoir que Merk était en dessous d'elle. Elle n'entendait rien, car son cœur battant contre ses côtes couvrait tout le reste. Elle s'efforçait de prendre une grande inspiration, puis une autre. Tout pour empêcher la crise de panique de prendre le dessus. Elle n'en avait jamais eu, mais là c'était un moment justifié.

Quand elle n'entendit rien pendant ce qui lui sembla être dix minutes, sa respiration ralentit pour revenir à un rythme plus normal. Au bout de vingt minutes, elle regarda à travers les branches pour voir s'il y avait quelqu'un. Après ce qui devait être une bonne demi-heure, elle se demanda si elle n'avait pas été idiote et si elle n'avait pas couru pour rien.

Mais Merk n'était pas là avec elle.

Et elle n'avait pas pu mal interpréter la rotation de la poignée de porte.

Lorsqu'elle franchit ce qui devait être la marque des quarante-cinq minutes, elle réévalua la branche sur laquelle elle se trouvait, se demandant si une autre lui permettrait de reposer son dos ou de mieux s'asseoir. Elle n'avait toujours pas l'intention de descendre, mais, pour la première fois, la réalité s'imposa.

Des pensées horribles traversèrent son esprit. Et si l'intrus avait déjà éliminé Merk ? Alors, il n'y aurait qu'elle et le méchant. S'il l'avait vue arriver dans cette direction, il pouvait s'asseoir sur le perron et l'attendre. Il faudrait bien qu'elle quitte l'arbre un jour. Elle n'avait pas prévu que ça dure toute la nuit. Elle aurait dû trouver un endroit à l'intérieur de la maison pour se cacher. Au moins, quand il serait parti, elle aurait eu des provisions.

Mais son cerveau se mit immédiatement en marche et demanda : « Jusqu'à quand ? »

Jusqu'à ce qu'il revienne ? Et pourquoi serait-il parti ? Elle fouilla dans ses poches et sourit. Instantanément, elle s'en voulait d'avoir été aussi stupide. Elle avait son téléphone sur elle. Elle le sortit, coupa le son pour que personne ne soit en mesure d'entendre les appels entrants et sortants, et envoya un SMS à Merk.

Où es-tu ?

La réponse arriva instantanément.

Reste où tu es.

Au moins, il avait répliqué. Donc il était en vie. Et de toute évidence, il traquait l'intrus. Il lui avait dit de rester à l'intérieur de la demeure, mais qu'était-elle censée faire quand l'intrus entrait par la porte arrière ?

À moins qu'il ait prévu d'éliminer le gars à la maison.

Mais se tuer à la tâche avec tous ces doutes sur elle-même n'aidait pas. En même temps, elle ne savait pas si Levi avait la moindre idée de ce qu'il advenait. Elle se demandait si elle devait le lui expliquer. Simplement au cas où les choses tourneraient mal.

Le truc, c'est que si ça se passait mal, elle avait besoin que quelqu'un soit au courant de sa position, et, si ça se passait bien, ça signifiait qu'elle veillait sur Merk et qu'elle établissait son rapport. Ce qui rendit la décision facile pour elle.

Elle ouvrit le téléphone – heureusement qu'on lui avait donné le numéro de tout le monde dans le complexe. Elle ignorait si c'était un signe de confiance ou s'ils la considéraient toujours comme faisant partie du problème. Elle appréciait dans tous les cas. Elle envoya immédiatement des SMS à Levi et Ice. Elle n'était pas sûre de savoir qui d'autre serait dans le coin, mais elle se dit que Stone le serait peut-être et lui en écrivit un aussi.

Les réponses arrivèrent instantanément.

Ne bouge pas.

Reste où tu es.

Fais confiance à Merk. Écoute-le.

Elle fixa les réponses courtes et secoua la tête. Vraiment ? C'est tout ? Je suis censée m'asseoir dans cet arbre et attendre ?

Pourtant, le conseil n'était pas mauvais. Elle étudia les quelques branches autour d'elle et se rendit compte qu'elle était en mesure de se baisser délicatement pour chevaucher la branche sur laquelle elle se tenait, ce qui lui permettait de s'adosser au tronc. Mais elle devait agir de façon que l'arbre ne bouge pas, sinon quelqu'un serait susceptible de remarquer où elle se trouvait. Et, bien que l'intrus puisse savoir que Merk était ici, le but était de s'en prendre à elle. Elle était la cible. De plus, ces types étaient assez arrogants pour croire qu'ils pouvaient s'occuper de Merk. Des idiots.

Se déplaçant prudemment, elle s'installa finalement sur la branche dans une position plus détendue. Patienter n'avait jamais été son truc, mais, étant donné ses options, elle se dit qu'elle pouvait rester ici et faire ce qu'on lui demandait. Alors qu'elle était assise et pensait à tout ce qu'elle et Merk avaient, et à l'avenir qui s'offrait à eux, elle se mit en colère.

Parce que ce trou du cul était à même de détruire ses chances pour cet avenir. Elle comprenait que les derniers jours avec Merk avaient été une bulle fantaisiste de romance sexy, mais ils avaient besoin de ce temps. Il était hors de question qu'elle laisse ce connard anéantir ce qu'elle et Merk avaient forgé ensemble.

Elle reconsidéra ses options. Elles étaient toutes nulles. Elle n'avait pas d'arme. Et si elle en avait eu une, elle n'aurait pas su comment l'utiliser. Merk était bien entraîné et était là, sachant exactement ce qui se passait et comment gérer ce connard.

C'est alors qu'elle entendit quelque chose qui dissipa toute logique dans le monde en un éclair.

Des coups de feu remplirent l'air. Silence, puis encore.

Instantanément, elle passa en mode panique, ramenant ses genoux contre sa poitrine, se transformant en une boule aussi petite que possible. Elle retint sa respiration, attendant que la poussière retombe. Qui s'était fait tirer dessus ? Et la plus grande question qu'elle se posait encore était : « Est-ce que Merk va bien ? » Elle saisit son téléphone et envoya un message aux autres pour leur indiquer « Coups de feu ». Elle écrivit ensuite un SMS à Merk.

Est-ce que tu vas bien ?

Sa réponse fut brève.

Oui. Ne bouge pas.

Et elle réalisa que le combat n'était pas encore terminé. Elle baissa la tête et jura qu'elle ne se mêlerait plus jamais de ce genre de choses.

Avec un peu de chance, elle écouterait cette fois. Il observa autour des arbres. Il comprenait pourquoi elle avait fui le type qui essayait d'entrer dans la maison. Il avait vu sa course folle dans les bois et avait deviné qu'elle était montée dans un arbre. Si elle restait là jusqu'à ce qu'il arrête ce connard, tout irait bien. Ce type devait être éliminé pour qu'ils n'aient plus à regarder par-dessus leurs épaules. Probablement un tueur à gages, un connard déterminé à finir le travail. Il avait manqué Merk à la cabane. Il avait fait le tour de la terrasse pour la poursuivre, mais elle avait détalé comme un lapin. Ce que Merk avait été heureux de constater. Il savait exactement à quel point elle était en forme. Parce qu'il avait passé beaucoup d'heures à caresser ses muscles toniques. Mais elle ne pouvait toujours pas distancer une balle.

Ses yeux balayèrent les arbres une fois de plus.

Un craquement.

Il se jeta instantanément à terre.

Une balle s'écrasa sur le tronc devant lequel il se tenait. Merde ! Ce connard avait réussi à faire le tour et à arriver derrière lui. Le jeu de cache-cache était lancé.

Merk se hissa sur plusieurs branches de l'arbre pour avoir une meilleure visibilité. Il aperçut un mouvement sur sa gauche. Il se retourna et laissa son regard flotter sur la zone, attendant toujours de distinguer... quelque chose. Un petit arbuste frémit en raison du mouvement à l'intérieur.

Il s'aligna pour tirer. Les broussailles étaient à une bonne trentaine de mètres. Selon le nombre de branches qui se trouvaient sur son chemin, il avait de bonnes chances de l'atteindre.

Il ouvrit le feu.

Un homme grogna. Le son résonna fortement dans les bois silencieux. Il pourrait l'avoir touché, mais il n'y avait pas moyen d'en être sûr.

Visant sa cible, il glissa sur la droite et continua à se déplacer vers un terrain plus élevé. Il voulait descendre par-derrière. Pendant qu'il observait, le tireur se redressa, se tourna et le fixa, mais son regard dériva sur le côté.

Il n'avait pas vu Merk.

Parfait. Merk se redressa très légèrement et tira. Le seul son fut un léger bruit sourd. En restant derrière les troncs d'arbres, il courut vers sa victime. Et, bien sûr, il lui avait tiré dans le cou. L'homme était mort.

Repoussant l'arme du type d'un coup de pied, simplement au cas où, il se pencha et sortit son portefeuille pour vérifier son identité. Mais quand il lut John Lennon avec une adresse à Washington, il comprit que c'était un faux. Il se leva, avec l'intention de prendre le gars et de le porter à l'avant de la cabane quand il entendit quelque chose qui lui fit froid dans le dos.

Et il réalisa que c'était un imbécile. L'homme mort ne pouvait pas être pas seul.

— Laisse-le. C'était un idiot de toute façon.

Merk leva les mains et pivota lentement pour faire face à son nouvel adversaire. Il ne le connaissait pas, mais c'était manifestement un meilleur professionnel que celui qui était au sol.

L'individu grimaça et dit :

— Les jeunes stagiaires font d'excellents leurres. C'est étonnant de remarquer combien de fois vous, les gars, qui pensez être si bons, découvrez à quel point vous avez tort.

— C'est parce que c'est le seul à avoir tiré, rétorqua calmement Merk.

Son esprit s'emballa, à la recherche d'opportunités – elles étaient plutôt merdiques. De plus, il devait garder à l'esprit que ce type en avait après Katina. Même si Merk prenait une balle, cela ne mettrait pas fin à la situation. Il devait abattre ce connard aussi. Sinon, il s'attaquerait à elle.

Et ça n'allait pas arriver.

— Eh bien, c'est bon de savoir que tu parviens à différencier les armes.

Il fit un geste avec le canon de la sienne.

— Tourne-toi.

Quand Merk obtempéra, il ajouta :

— Maintenant, marche vers ta petite amie. Regarde si elle descend de cet arbre toute seule.

Son cœur s'effondra. Il avança de quelques pas et lâcha :

— Tu as conscience que tu ne t'en sortiras pas comme ça.

L'homme derrière lui rit.

— Bien sûr que si. As-tu la moindre idée du nombre de missions comme celle-ci que j'ai accomplies ?

— Missions ?

Une phrase intéressante. Il était donc aussi militaire.

— Tu n'aimais pas l'armée et tu es passé dans le secteur privé ? Les contrats privés ?

— Ouaip, bien mieux payé. Les avantages sont plus intéressants aussi.

Merk hocha la tête en signe de reconnaissance amicale tout en continuant à se rapprocher de la cachette de Katina.

— Simplement par curiosité, qu'advient-il de ton contrat maintenant que ton patron a été arrêté ?

— J'ai déjà été payé. Terminer le travail est une question de fierté. Un contrat ne peut pas rester inachevé, car je n'ai qu'une parole.

Merk comprit. Cela signifiait aussi qu'il importait peu que le procureur ait rassemblé tout le monde et qu'il soit en train de préparer le procès. Si celui-ci voulait Katina comme témoin, sa disparition affaiblirait l'affaire. Donc les types en prison comptaient sur l'assassin pour tenir son engagement.

— Dommage. J'espérais que tu abandonnerais le contrat quand tu réaliserais que c'était déjà fini.

— Ça n'arrivera pas. Je me fiche de savoir combien de ces trous du cul la justice récupère. J'espère que les geôliers jetteront les clés. Ce ne sont pas des hommes dont j'ai envie dans ce monde s'ils pensent que tuer une femme parce qu'elle a vu quelque chose est la façon de gérer leurs problèmes. S'ils l'avaient gardée après l'enlèvement au lieu de la laisser s'échapper, ils n'auraient pas eu besoin de moi. Mais ce sont tous des idiots.

Merk changea légèrement de destination, marchant loin de Katina, seulement pour être frappé à la tête.

— Ne te fatigue pas. Toi et moi savons où elle se cache.

Merk fit volte-face et repartit dans sa direction. Il avait besoin d'une diversion. Quelque chose qui lui permette de s'attaquer à ce connard. Il avait beau être militaire, ex-militaire, Merk l'était aussi, donc il utiliserait ses techniques les plus sales.

— Arrête-toi ici.

Et cela confirma simplement ce que Merk avait soupçonné. Ils étaient littéralement en dessous de l'arbre où Katina se terrait.

— Appelle-la.

Il hésita, s'interrogeant sur l'utilité de faire ça. Mais il cria :

— Katina, cours dès que tu peux.

Il se jeta à terre et poussa les jambes de l'homme. Le tireur se retrouva sur Merk en un instant. L'arme vola, et ils en restèrent aux poings et à toutes les tactiques sournoises qu'ils pouvaient utiliser. Le combat était vicieux. Les deux savaient qu'à la fin, l'un d'entre eux tomberait.

Chacun devait être le vainqueur. Merk avait plus à perdre. Il avait Katina.

Il donnait des coups de poing, des coups de pied, faisait volte-face et recevait plusieurs heurts au visage – en assenant deux fois plus qu'il n'en recevait –, mais il ne parvenait jamais à prendre l'avantage.

L'autre homme jura, puis hurla :

— Fils de pute !

Un regard perplexe apparut dans les yeux du tueur avant que ceux-ci ne roulent à l'intérieur de sa tête. Et il s'effondra sur Merk.

Il le repoussa et rebondit sur ses pieds. Katina se tenait devant lui. Il se retourna pour considérer l'assassin et vit un bâton épais, une extrémité plus fine que l'autre, sortir de son dos.

Instantanément, il ouvrit ses bras, et elle se précipita dedans. Il l'écrasa contre sa poitrine, réalisant à quel point il avait failli la perdre.

Quand il relâcha finalement son emprise sur elle, elle s'écarta, retourna sa main et le frappa au visage. Énervé, il cria :

— C'était pour quoi ça ?

— Pour avoir suggéré que je m'enfuie et que je te laisse

te débrouiller avec lui tout seul.

Elle mit ses mains sur ses hanches et le regarda fixement.

— Tu t'attendais vraiment à ce que je me sauve et t'oublie ? On est dans le même bateau, tu t'en souviens ?

Choqué, il la dévisagea, puis jeta un coup d'œil à l'homme mort sur le sol et se mit à rire. Il ouvrit de nouveau ses bras, et elle tomba dedans. Il la serra très fort.

— Dans le même bateau ? Pour toujours ?

Elle inclina la tête et le fixa avec la question dans les yeux.

— Tu me le demandes cette fois ? dit-il en riant.

Comme elle bafouillait, il baissa la tête et l'embrassa. Lorsqu'il s'arrêta, cette fois, elle leva son regard vers lui, les yeux pleins de larmes, et murmura :

— Je pensais t'avoir encore perdu.

— Je ne suis pas si facile à perdre, rétorqua-t-il avec un sourire.

Il passa son bras autour de ses épaules et la ramena à la cabane.

— On va rester ici un peu plus longtemps pour s'occuper des corps.

Au regard surpris qu'elle afficha, il réalisa qu'elle n'était pas au courant pour le premier homme. Il expliqua, remarquant la couleur qui quittait son visage.

Elle déglutit et demanda :

— On peut rentrer chez nous, alors ?

— Absolument.

Pendant qu'ils atteignaient la cabine, son téléphone sonna. Il baissa les yeux pour voir le numéro de Levi.

C'est alors qu'elle s'excusa :

— Je les ai contactés quand j'étais dans l'arbre.

Il roula les yeux et répondit à l'appel.

— Oui, Levi. Je vais bien, et elle aussi. C'est fini, mais on a deux corps ici à ramasser.

Il écouta Levi, tout en affaires, élaborer des plans et le mettre au courant des dernières nouvelles.

— Samuel Cheevers a été récupéré vivant et en bonne santé à l'adresse Morgan, donc bon travail, déclara Levi. J'ai quelqu'un en route pour les deux derniers que tu as éliminés.

Merk renifla à ce sujet.

— Ce n'est pas moi. Mais on est ici jusqu'à ce que les forces de l'ordre arrivent.

— Et ensuite, où irez-vous ? l'interrogea Levi avec curiosité. Vous reviendrez ici ou… vous vous rendrez à Vegas ?

— Je ne pense pas. Du moins pas tout de suite, plaisanta Merk.

Il raccrocha et rangea son portable.

Au silence à ses côtés, il se tourna vers Katina pour lui faire part des plans en cours, et fronça les sourcils devant l'expression de son visage.

— Qu'est-ce qu'il y a ?

— C'était une erreur ? demanda-t-elle doucement.

Il ne savait pas exactement à quoi elle faisait référence et avait conscience que c'était un chemin criblé de mines s'il ne naviguait pas en toute sécurité.

— Qu'est-ce qui était une erreur ? rebondit-il prudemment, en tâtonnant.

— M'épouser ?

Son regard s'élargit.

— Bon sang, non. En réalité, je pensais qu'on devrait le répéter dès que possible.

Elle rétrécit son regard sur lui.

Il releva son menton et l'embrassa, puis, avec un sourire en coin, il ajouta :

— On pourrait partir en voyage rapide à Vegas.

Elle ricana.

— Je ne me marierai pas une deuxième fois dans cette chapelle, déclara-t-elle fermement.

— C'est d'accord. Que dirais-tu d'un mariage dans la tombe de Dracula ? Je suis sûr que ça serait génial, dit-il en plaisantant.

Mais sa réponse le surprit. Elle jeta ses bras autour de son cou et déclara :

— Je t'aime. Je t'ai peut-être toujours aimé, mais il est hors de question que je retourne à Vegas pour t'épouser de nouveau.

Il l'entoura de ses bras et la serra contre lui.

— Mais... ajouta-t-elle, son souffle chaud contre ses lèvres. N'importe quel autre endroit dans le monde, je suis tout à fait pour.

Il n'osa pas lui avouer qu'il y avait aussi des endroits horribles à Reno. Il se dit qu'il allait laisser ça pour une autre fois.

Il était lui-même tenté par un mariage dans la tombe de Dracula.

Peut-être que s'il lui donnait un peu de temps pour y réfléchir...

Puis il aperçut son visage et réalisa que le lieu où se déroulerait la cérémonie n'aurait pas d'importance – tant qu'elle redevenait sa femme, tout était bon.

Épilogue

RHODES ENTRA AVEC une autre brassée de provisions. Le complexe avait été très actif ces derniers jours. Le procureur avait été particulièrement impressionné par le travail que Levi et l'équipe avaient fourni pour protéger Katina et pour aider à traduire en justice un grand nombre de gros bras. Bien sûr, le système judiciaire était long et ardu, sans garantie de condamnation, mais le procureur avait dit qu'avec la quantité d'informations que tout le monde avait recueillies, cela devrait être facile.

Après avoir déposé le carton de nourriture sur le comptoir de la cuisine pour Alfred, Rhodes sortit pour en récupérer un autre. Il sourit à Katina et Merk, qui se tenaient en rang sur le côté. En passant devant eux, il lança d'une voix forte :

— À moins que vous soyez en train de parler de mariage, je vous suggère de venir tous les deux aider à décharger le camion.

Katina s'avança en riant.

— Désolée, Rhodes. Chaque fois que je me rapproche de ce type, c'est comme un aimant qui m'attire.

— Et c'est comme ça que ça doit être, surenchérit loyalement Sienna derrière Rhodes.

Rhodes voulait ajouter quelque chose, mais Sienna était la sœur de son meilleur ami, et, en tant que telle, il prenait toujours des gants avec elle, comme lorsque c'était une adolescente maladroite aux promesses étonnantes. Malheureusement, c'était la dernière chose qu'il voulait faire avec elle désormais.

C'est nul quand tous vos amis se mettent en couple et que vous êtes le seul à ne pas être concerné. Surtout quand celle que vous désirez n'est pas accessible.

Son frère, Jarrod, s'était déjà rendu deux fois au complexe et devait effectuer une troisième visite plus tard dans la journée, tout ça pour s'assurer que sa sœur allait vraiment bien, surtout maintenant que l'endroit s'était un peu calmé après les deux récentes attaques ici et que Jarrod avait été appelé pour une deuxième mission à l'étranger. Rhodes avait prévu de lui parler dès qu'il serait là.

Sienna ne savait peut-être pas dans quoi elle s'était embarquée en demandant un emploi permanent à Legendary Security, mais elle ferait mieux de rester dans les parages, car il n'avait pas l'intention de laisser passer cette occasion.

Rhodes espérait seulement que son frère Jarrod, un SEAL, pensait aussi que c'était une bonne idée.

Voilà qui conclut le tome 3 de *Héros à louer : L'Erreur de Merk.*
Découvrez la suite avec *La Récompense de Rodes : Héros à louer,* tome 4

Héros à louer, La Récompense de Rodes, tome 4

Même lorsque le mal se cache dans l'ombre, les secondes chances sont possibles…

Il y a des années, Rhodes a connu Sienna comme une jeune fille maladroite, avec des coudes et des cheveux couleur carotte, sans une once de grâce. Malgré sa maladresse, elle avait déjà quelque chose de spécial en elle. Maintenant, elle a grandi, et Rhodes ne semble toujours pas être en mesure de l'ignorer. Un simple coup d'œil lui fait penser à bien plus qu'au bon vieux temps. Mais aussi douce et adorable qu'elle soit, Sienna a été qualifiée à juste titre d'aimant à problèmes, même dans un complexe militaire sécurisé qui devrait être un havre de paix ultime.

Sienna avait un coup de cœur monstrueux pour Rhodes quand elle était enfant et qu'il était le meilleur ami de son frère. Aujourd'hui, c'est un adulte, beau et plus sexy que ce que ses fantasmes les plus fous auraient pu imaginer. Nouvellement embauchée par la société de Levi, Legendary Security, elle ne veut pas compromettre son poste en passant son temps à rêver de Rhodes, si proche d'elle et pourtant si lointain.

Lorsqu'on lui demande de participer à une mission, elle accepte avec empressement, espérant marquer des points auprès de son employeur… sauf qu'elle déclenche par inadvertance une série d'événements désastreux que personne – même ceux qui connaissent la maladresse de Sienna comme Rhodes – n'aurait été capable de prévoir.

Le tome 4 est disponible dès aujourd'hui !

Pour en savoir plus, visitez le site web de Dale Mayer.

https://geni.us/FRDMSRhode

Note de l'auteure

Merci d'avoir lu *L'Erreur de Merk, Héros à louer, tome 3* ! Si vous avez apprécié le livre, merci de prendre un moment pour laisser votre avis.

Chers lecteurs,

J'aime avoir de vos nouvelles, alors n'hésitez pas à me contacter sur mon site web : www.dalemayer.com ou sur ma page d'auteure Facebook. Pour être informés des nouvelles parutions et des offres spéciales, inscrivez-vous à ma newsletter ou suivez-moi sur BookBub. Si vous souhaitez rejoindre mon groupe de lecteurs, voici la page d'inscription sur Facebook.

http://geni.us/DaleMayerFBGroup

À bientôt,
Dale Mayer

À propos de l'auteure

Dale Mayer est une auteure de best-sellers au classement de *USA Today*, connue pour ses romances militaires sur les forces spéciales, sa série *Psychic Visions* et sa série *Jolis Jardins Maudits*, dans le genre cozy mystery. Ses romances contemporaines sont vibrantes d'émotion et de passion (série *Broken But… Mending, Hathaway House*). Ses thrillers vous laisseront à bout de souffle (séries *By Death* et *Kate Morgan*) et ses comédies romantiques vous feront rire aux éclats (*It's a Dog's Life*, une novella hors-série, et la série *Broken Protocols* avec Charming Marvin, le chat).

Elle laisse libre cours aux séries qui lui viennent… dont certaines sont carrément folles, enfreignant toutes les règles et croisant différents genres !

En plus de ses romans de fiction, elle écrit également des textes documentaires dans de nombreux domaines, dont la rédaction de CV, le jardinage de loisir et le système de crédit immobilier américain. Elle a récemment publié la série professionnelle *Career Essentials*. Tous ses livres sont disponibles aux formats papier et ebook.

Contactez Dale Mayer en ligne

Site web de Dale – www.dalemayer.com
Twitter – @DaleMayer
Facebook Page – geni.us/DaleMayerFBFanPage
Facebook Group – geni.us/DaleMayerFBGroup
BookBub – geni.us/DaleMayerBookbub
Instagram – geni.us/DaleMayerInstagram
Goodreads – geni.us/DaleMayerGoodreads
Newsletter – geni.us/DaleNews

Printed in the USA
CPSIA information can be obtained
at www.ICGtesting.com
LVHW022248141123
763937LV00008B/70